光文社文庫

王都奪還

アルスラーン戦記⑦

田中芳樹《よしき》

光　文　社

目次

主要登場人物

・パルス

アルスラーン……パルス王国第十八代国王《シャーオ》アンドラゴラス三世の王子

アンドラゴラス三世……パルス国王

タハミーネ……アンドラゴラス三世の妻でアルスラーンの母

ダリューン……アルスラーンにつかえる万騎長《マルズバーン》。異称「戦士のなかの戦士《マルダーンフ・マルダーン》」

ナルサス……アルスラーンにつかえる元ダイラム領主。未来の宮廷画家

ギーヴ……アルスラーンにつかえる自称「旅の楽士」

ファランギース……アルスラーンにつかえる女神官《カーヒーナ》

エラム……ナルサスの侍童《レータク》

ヒルメス……銀仮面の男。パルス第十七代国王オスロエス五世の子。
アンドラゴラス三世の甥《おい》

ザンデ……ヒルメスの部下

サーム……ヒルメスにつかえる元万騎長《マルズバーン》

暗灰色《あんかいしょく》の衣の魔道士《まどうし》……？

ザッハーク……蛇王《へびおう》
キシュワード……パルスの万騎長。異称「双刀将軍《ターヒール》」
告死天使《アズライール》……キシュワードの飼っている鷹《シャヒーン》
クバード……パルスの万騎長。片目の偉丈夫《いじょうふ》
ルーシャン……アルスラーンにつかえる中書令《サトライプ》
イスファーン……亡き万騎長シャプールの弟。異称「狼に育てられた者《ファルハーディン》」
ザラーヴァント……アルスラーンにつかえるオクサス領主の息子。強力《ごうりき》の持主
トゥース……アルスラーンにつかえる元ザラの守備隊長。鉄鎖術の達人
アルフリード……ゾット族の族長の娘
メルレイン……アルフリードの兄
グラーゼ……ギランの海上商人

・ルシタニア
イノケンティス七世……パルスを侵略したルシタニアの国王
ギスカール……ルシタニアの王弟。国政の実権を握っている
モンフェラート……将軍

エトワール……本名エステル。ルシタニアの騎士見習の少女

・シンドゥラ

ジャスワント……アルスラーンにつかえるシンドゥラ人

・トゥラーン

ジムサ……パルス軍にとらわれていた将軍

・マルヤム

イリーナ……マルヤム王国の内親王《ないしんのう》

第一章　熱風は血の匂い

I

強風が去った後、大気と大地は熱をはらんで静まりかえった。夜は地上に黒い帳《とばり》をおろしたが、それが焦《こ》げついて、来《きた》るべき朝の光を汚してしまうのではないかとさえ思われる。珍しいことであった。パルスの夏は、日中こそ耐えがたい暑熱《しょねつ》をもたらすものの、夜になれば急速に涼気《りょうき》を帯《お》び、人間にも鳥獣《ちょうじゅう》にも草花にも、ひとしく安らぎを与えてくれるのである。それが、パルス暦《れき》三二一年八月五日の夜は、生物《いきもの》たちの願いをあざ笑うかのように、熱気はわだかまり、目に見えぬ不快な腕で万物をかかえこんでいた。

パルスの王都エクバターナの東方に、征服者であるルシタニア軍は陣を布《し》き、来るべきパルス軍との決戦を待ち受けている。パルス軍の主力は東方にあったが、じつは西と南からもパルス軍は王都に接近しつつあった。

「エクバターナという美女ひとりに、甲冑《かっちゅう》の騎士四人がむらがって、その愛を独占しようとしている」

すべての事情を知る者がいれば、現在の状況をそう喩《たと》えたかもしれない。ルシタニア軍は、むろん、すべての事情を知っているわけではなかった。ことに、南方のギランから王都へと北上してくるアルスラーン王子の軍について、まったく無知であった。そして、その無知が、一段と不安をそそるのである。

ルシタニア軍の総帥《そうすい》は、王弟殿下と呼ばれるギスカール公爵であった。三十六歳の彼は知力と気力と体力との均整がとれ、政治と軍事に充実した手腕を有し、将兵の人望もあつい。惰弱《だじゃく》で無能な兄王イノケンティス七世など、玉座の飾りものであるにすぎなかった。いま彼は二十万の大軍をひきいて敵を討とうとしているのだが、暑熱に耐えかねて甲冑をぬぎ、薄い絹服だけをまとっている。剣だけは腰に帯びているが、その表情には翳《かげ》りがあった。

戦意がおとろえているわけではないが、勝利への確信が万全なわけではない。妻と子を、また他の一族を故国に残して、自分たちは異郷《いきょう》に屍《しかばね》をさらし、異教徒どもの歓呼を葬《とむら》いの歌と聞いて滅び去るしかないのであろうか。

この年にはいって以来、ルシタニア軍の士気は低下する一方だった。歴史あるマルヤム王国を滅ぼし、偉大なるパルス王国の都を占領し、つい先日まで兇暴《きょうぼう》で無慈悲《むじひ》な征服者として勝ち誇っていたというのに。いまや占領地の半分をパルス軍に奪回され、いくつもの城塞《じょうさい》を陥《おと》され、ボードワン将軍をはじめとする名だたる騎士たちを失った。その間に、ひとたびは虜囚《りょしゅう》としたパルス国王《シャーオ》アンドラゴラスも逃がしてしまった。敗北と失地があいつぎ、ギスカールひとりの力ではルシタニアの国運をささえることは不可能となりつつあった。

ギスカールの耳に、兵士たちの祈る声が流れこんでくる。天幕のむこうがわで、兵士たちは不安に駆《か》られ、地にひざまずき、夜空の彼方《かなた》へと祈りをささげているのだった。

「イアルダボートの神よ！　御身の哀れなる僕《しもべ》を救いたまえ。その御力《みちから》もて、僕たちの運命にみ恵みを垂《た》れたまえ……！」

その台詞《せりふ》に、ギスカールは舌打ちしたくなる。神がこれまで何をしてくれたというのだ。決死の覚悟で故国ルシタニアを離れ、遠征をつづけ、領土と財宝を奪ってきた。神ではなく、ギスカールが全知全能をかたむけてやってきたことである。その証拠に、ギスカールの能力のおよばぬところでは失策もあり、敗北もあったではないか。

そう思いつつも、口に出すことはできぬ。彼は形の上ではイアルダボート教の忠実な信徒であったし、失策や敗北のひとつひとつを算《かぞ》えあげるのも不快なことであった。まして兵士たちに、祈るのをやめろと命じるわけにもいかぬ。ギスカールは不機嫌そうにパルス葡萄酒《ナビード》の栓《せん》をあけ、熱気のためにすっかりなまぬるくなった紅酒《こうしゅ》をあおった。ひと息つき、にわかに表情を変えて身がまえる。

「何者だ、そこにおるのは」

ギスカールの誰何《すいか》は、はなはだしい非礼によって報われた。彼の声を無視するような沈黙がつづき、それに耐えかねてギスカールがふたたび口を開こうとしたとき、夜の奥から人語が流れ出してきた。低くかすれたパルス語であった。

「悩みが深いようだな、ルシタニアの王弟よ。地位は責任をともなうとはいえ、重い荷を背負って、ふふふ、気の毒なことよな」

天幕の一隅《いちぐう》に何かがうごめいた。影に溶《と》けこんでいた何者かが輪郭をあらわにしつつあった。甲冑を着こんでいないことが、ギスカールに後悔の思いをいだかせた。天幕の外にいるはずの衛兵どもを呼ぼうとしたが、なぜか咽喉《のど》をふさがれたように大声が出ぬ。

暗灰色《あんかいしょく》の衣を着こんだ男がギスカールの前にたたずんだ。この暑熱のなかにあって、一滴の汗すら浮かべていないようであった。

「何の用だ。都を奪われた負け犬のパルス人が、怨《うら》みごとでもいいに来たか」

かすれ声で虚勢《きょせい》を張るギスカールに、男は嘲弄《ちょうろう》の波動を送りつけた。

「怨みごとだと？　とんでもない。汝《なんじ》らルシタニア人に対しては感謝の念を禁じえぬところだ」

「感謝だと？」

「さよう、汝らルシタニア人は、まことによく役だってくれた。蛇王《へびおう》ザッハークさまの、地上における神の鞭《むち》としてな」

ザッハークという名を聞いたとき、ギスカールは全身の皮膚が鳥肌だつのを感じた。はじめて聞く名である。それにもかかわらず、ギスカールは得体の知れぬ恐怖と嫌悪を感じずにいられなかった。それは幼児が暗闇《くらやみ》をのぞきこむときに感じる恐怖と、きわめて似ていたかもしれぬ。まったく同一とはいえないのが、奇怪な嫌悪の念であった。

「イアルダボートの神など実在せぬ」

ギスカールの表情をさぐりながら、正体不明のパルス人は嘲弄をつづけた。

「実在すれば、汝らを救いに降臨するはず。神の栄光のために故国を離れ、万里の道を遠征してきた汝らではないか。賛《たた》うべき忠実なる信徒どもよ。然《しか》るに、なぜ、神は汝らを危難から救おうとせぬのだ？」

ギスカールは返答できなかった。彼自身がそう考えていたからである。ルシタニア最大の実力者である彼が、被征服者であるパルス人に対して反論できぬありさまだった。

「イアルダボートの神は実在せぬ。だが、蛇王ザッハークさまは実在したもう。ゆえに使者としてこの身を遣《つか》わしたもうた」

暗灰色の衣が大きく揺れ、熱い夜気をギスカールにむかって吹きつけてきた。

「わが名はプーラード。ザッハークさまにつかえる僕《しもべ》のひとりだ。わが尊師の命により、邪教徒の首魁《しゅかい》たる汝におもしろいものを見せてくれる。おとなしく来るがよい」

「だ、だまれ、口巧者《くちごうしゃ》なパルスの狐めが！」

ギスカールは腰の剣を抜こうとしたが、にわかに眩暈《めまい》をおぼえた。パルス人がすばやく手を動かすと、色も匂いもない瘴気《しょうき》が勢いよく彼の身体《からだ》にまつわりつき、絞《し》めあげてきたのである。目に見えない蛇が巻きついてくるのだ。ギスカールは苦痛の呻《うめ》きをあげ、その呻きに恐怖と嫌悪がこもった。彼はこの世ならぬものを見たのだ。彼の服の表面に、蛇が巻きつく形で、皺《しわ》が寄り、音をたてて絹糸《きぬいと》の縫目《ぬいめ》がはじけた。

「目に見えぬ蛇」というのは比喩《ひゆ》ではなかった。実際に、そこには蛇が存在して、ギスカールの身に見えない胴体を巻きつけ、強く強く絞めあげてくるのである。ルシタニア人の驚愕《きょうがく》するさまを見やって、パルス人は心地よげに笑った。

「ザッハークさまの僕たる身に与えられし術のひとつだ。操空蛇術《グールイラムッ》という。空気が蛇となって人に巻きつき、絞め殺すのよ。どうだ、お望みなら汝の全身の骨を砕《くだ》き、生きながらに地上の海月《くらげ》としてくれようか」

暗灰色の衣をまとった男が、単なる異教徒ではなく、おぞましい魔道士であることを、ギスカールは知った。恐怖を圧倒するほどの怒りに駆られて彼は身体を動かそうとしたが、目に見えぬ蛇はさらに強く巻きつき、ギスカールを地に横転させた。

横転した瞬間、だが、ギスカールは、強烈な絞めつけから解放されていた。目に見えない蛇は魔道士の手もとに帰り、魔道士はやや狼狽《ろうばい》した視線を周囲に放っている。彼にとっても意外な事態が生じたのだった。

「敵だ、夜襲《やしゅう》だ！」

悲鳴まじりのルシタニア語に、パルス語の喊声《かんせい》がかさなった。剣を打ちかわす音、弓弦《ゆんづる》のひびき、馬蹄《ばてい》のとどろきが同時に湧《わ》きおこって、ルシタニア軍の陣営はたちまち混乱の渦《うず》にたたきこまれていた。

この夜襲隊を指揮していたのは、パルス軍の若い勇将イスファーンである。「狼に育てられた者《ファルハーディン》」という異名を持つ彼は、国王アンドラゴラス三世の命令を受け、騎兵のみ二千騎をひきいてルシタニア軍に夜襲をかけてきたのだった。

単なる夜襲ではなく、これはパルス軍がめぐらした壮大な作戦の一部であった。イスファーンの隊は、乗馬の口に板をくわえさせ、馬蹄を布の袋でつつんで鳴声と足音を消し、夜の闇にまぎれてルシタニア軍の本陣に迫ったのである。

「うろたえるな！　本格的な攻撃ではない。落ちついて敵の退路を絶て！」

モンフェラート将軍の声を混乱のなかに聴きながら、ギスカールはようやく身をおこした。青く鬱血《うっけつ》した腕を見おろして身ぶるいし、呼吸をととのえる。剣を杖《つえ》にして立ちあがったとき、眼前に勢いよく躍《おど》りたった騎影《きえい》があった。パルスの甲冑をまとった騎士が、彼らの国の言葉で鋭く烈《はげ》しく呼びかける。

「そこにいたか、侵略者の頭目！」

まさしく若い狼のような剽悍《ひょうかん》さで、イスファーンがギスカールに襲いかかった。むろん彼はギスカールの名も顔も知らないが、このようなとき、もっとも華麗なよそおいをした騎士が全軍の総帥であることはいうまでもない。たとえ平服であれ、絹服の光沢《こうたく》は、松明《たいまつ》の灯《ひ》に明らかであった。

パルス騎士の長剣が、流星に似た光芒《こうぼう》をえがいてギスカールの頭上に落下した。刃が鳴りひびき、鉄の灼《や》ける匂いがたちこめる。

ギスカールはよろめいた。魔道士にかけられた術のなごりが、彼の手足をまだ軽く縛《しば》っていた。全力を出すことができず、ルシタニアの王弟は敵手の剣勢《けんせい》に押されて体勢をくずし、地に片ひざをついた。いったんその傍《かたわら》を駆けぬけたイスファーンが馬首をめぐらして再度攻撃をかけようとする。

目に見えぬ蛇が、イスファーンの乗馬の前肢《まえあし》にからみついた。よく訓練された良馬であつたが、これにはおどろき、恐怖して、高々といななきながら横転してしまった。イスファーンは地に投げだされた。

II

すでにこのとき、本陣の周囲では敵と味方が入り乱れ、二か国語の怒号《どごう》と悲鳴が刃鳴《はな》りにまじって、激しい混乱におちいっている。ルシタニア軍は完全に虚をつかれ、総帥ギスカールの身辺も無人だった。本陣に突入したイスファーン自身、まさか敵の総帥がただひとりでいるとは思わなかった。そうと知っていれば、数十騎をひきいて乱入し、ギスカールを斬りきざんだことであろう。

一方、これまでギスカールは全軍の指揮官という大役に徹《てっ》してきた。自《みずか》ら剣をふるって敵兵と戦うということはなかった。だが、このような状況では、ひとりの騎士として行動せざるをえぬ。つまり、彼の眼前に存在するふたりの敵を、ふたりとも剣によって斃《たお》すことである。

「出会え、者ども！」

どなりながら、ギスカールは剣をかざしてパルス騎士に駆けよった。両手で剣の柄《つか》をつかみ、全身の力をこめて撃ちおろす。イスファーンが地上で身を一転させる。強烈な斬撃《ざんげき》は、パルス人の甲冑《かっちゅう》をかすめ、表面に亀裂《きれつ》を走らせながら地をえぐった。

ギスカールが怒りと失望の叫びを発した瞬間、はね起きたイスファーンが長剣を突きだした。ギスカールは身をひねって避けようとしたが、今度は彼の胸甲《きょうこう》から火花が散った。さらに第二撃を加えようと、イスファーンは躍りかかったが、にわかによろめき、地に片ひざを突いてしまった。胴に何か目に見えぬものが巻きつき、絞めあげてきたのだ。すかさずギスカールが足を踏みしめ、ギスカールの剣を巻きこんで地上にたたき落とした。イスファーンは強靭《きょうじん》な手首をひねってそれを受け、ギスカールの剣を巻きこんで地上にたたき落とした。ギスカールが跳《と》びすさる。と、このとき、イスファーンの目が魔道士の姿をとらえた。

イスファーンは直観的に真実をさとった。さとると同時に、彼は行動にうつっていた。イスファーンは手にした剣を握りなおすと、彼の胴を絞めあげる見えない蛇などにはかまわず、魔道士めがけて投じたのである。

魔道士プーラードの口から絶叫がほとばしった。かわそうとして失敗した彼は、雷光のようにひらめいて飛来した剣に、頸《くび》すじをつらぬかれたのである。細身の白刃《はくじん》は、プーラードの左頸に突き立ち、気管と動脈を切断して尖端を右頸から飛び出させた。おそるべき魔道の業《わざ》をふるう間もなかった。開いた口と鼻孔《びこう》から赤黒い血が大量に噴き出し、プーラードは小さく揺らした身体《からだ》を前方に倒して地に這《は》った。倒れたとき、すでに絶息している。

ようやくイスファーンは胴を絞めつける苦痛から解放された。あらい呼吸をととのえたとき、ギスカールが剣をひろいあげるのが見えた。イスファーンは短剣を持つだけであり、対抗しようもない。

「退却！　退却！」

イスファーンは松明《たいまつ》の火を横顔に反射させながら、混戦中の味方にむけてどなった。彼の声を打ち消すような雄叫《おたけ》びを放って、二騎のルシタニア騎士がその場に躍りこんできた。

「王弟殿下、ご無事でござったか」

「異教徒の曲者《くせもの》、これをくらえ！」

馬上から白刃を伸ばして、イスファーンの頭上に振りおろそうとする。だが、振りおろされる長剣より、投げあげられる短剣のほうが速かった。斜《なな》めに顎《あご》をつらぬかれたルシタニア騎士が、血の噴水をあげて転落し、かわってパルス人の姿が鞍上《あんじょう》にある。一瞬のことであった。

いまひとりの騎士が王弟をかばって身がまえたとき、イスファーンは無言のまま馬首をめぐらし、本陣から駆け去っていった。彼の部下たちがそれにつづき、パルス軍は来襲したときと同様、じつにすばやく逃げ出していく。むちゃな攻撃を断念したようであった。

それを追ってルシタニア軍も駆け出した。

すべてパルス軍の計略であった。イスファーンの任務は、敵陣に突入してしばらく戦った後で逃げ出すことだったのだ。興奮した敵軍が追ってくれば、その陣形はくずれる。イスファーンは逃げる速度をたくみに調節して、ルシタニア軍を引きずりまわした。ルシタニア軍は自分たちの陣営を守ることを、つい忘れて、熱狂的にパルス軍を追いまわした。

この作戦を考案したのは、王太子アルスラーンの軍師として知られるナルサス卿《きょう》であり、むろん彼はこの場にいない。実行の態勢をととのえたのは万騎長《マルズバーン》キシュワード卿であった。

王弟ギスカール公や魔道士プーラードなどにかかわりあったため、イスファーンはあやうく全軍の戦機を失わせるところであった。だが、かろうじてまにあった。疾駆《しっく》するイスファーンの左右で闇が沸《わ》きたって、ルシタニア軍の突出を待ち受けていたパルス軍が敵勢の前に立ちはだかる。数千の矢叫《やたけ》びに馬蹄《ばてい》のとどろきがかさなり、松明に火がともされて夜の領域を削りとった。たちまちルシタニア軍は攻勢をせきとめられ、パルス軍の逆撃《ぎゃくげき》の前に百騎以上が撃ち倒された。にわかな混乱のなかに、ようやくモンフェラート将軍からの伝令が追いついて、深追いをせぬよう命令を伝えた。

戦場にそびえるパルス松の大樹《たいじゅ》の枝に梟《ふくろう》がとまっている。人間どもの愚かしい争いを無視して、のんびりと羽を休めていたが、ふいに羽ばたいて小さく啼声《なきごえ》をあげた。隣の太い枝の上で、ひとりの魔道士が身動きしたのだ。

「プーラード、未熟者めが！」

怒りと失望を舌先に乗せて、魔道士は荒々しく吐きすてた。若い顔、月光に照らしだされた雪花石膏《せっかせっこう》のように青白い顔は、グルガーンという名で呼ばれる男のものであった。彼は尊師と称される指導者の命を受け、プーラードとともに、ルシタニアの王弟ギスカールを誘拐するべく、王都の地下から立ち現われたのである。それが功に逸《はや》ったプーラードの独行によって失敗したのであった。

「尊師に見《まみ》える顔がない。だが事を隠すわけにはいかぬ。お叱《しか》りを受けた後、あらたなご指示をいただいて罪を償うしかあるまい」

眼下に展開される酸鼻《さんび》な流血の光景を、無感動にながめやると、グルガーンは暗灰色の衣の裾《すそ》をひるがえした。つぎの瞬間、その姿は闇の一部と化して溶《と》けさってしまい、梟の目をおどろかせたのであった。

この年八月五日深夜から六日未明にかけて、パルス軍とルシタニア軍との間におこなわれた戦いは、激しくはあったが長くはつづかなかった。ギスカールとモンフェラートは苦労しつつも致命的な損害をどうにか回避することができたのである。本陣に斬りこまれたのは、不名誉のかぎりであったが、形としてはとにかく撃退したのだ。

六日の朝が完全に明け放たれたとき、すでに大地には四千をこす戦死者の群が横たわり、刻々と死臭《ししゅう》を濃くしつつある。遺棄《いき》された死者の数は、パルス軍が六百、それ以外はルシタニア軍に属するものであった。この夜戦が、終始パルス軍の主導においておこなわれたことが、誰の目にも明らかであった。正式の大会戦を前にして、パルス軍は「幸先よし」と勇みたち、ルシタニア軍は不安と不快の念を禁じえなかった。

総帥である王弟ギスカールは、朝食の場にモンフェラート将軍を同席させ、パルス葡萄酒《ナビード》でパンを咽喉《のど》に流しこみながら告げた。

「兵士どもには死戦させねばならぬ。生命《いのち》をすてる気で戦わせねばならん」

「むろん兵士どもは死戦するに相違ござらぬ。ルシタニアの国とイアルダボートの神のため、いまさら誰ひとり生命を惜しむ者などおりますまい」

モンフェラート将軍の声に、ギスカールはうなずいたが、それは形式だけのことであった。もはやギスカールは、兵士の戦意などまったく信用していなかった。昨夜の戦いは、しかけたパルス軍にとっては単なる前哨戦にすぎなかったが、ルシタニア軍には大きな傷を残したのだ。もっとも重要な部分に。全軍の総帥たるギスカール公爵の心理に、であった。

「督戦隊《とくせんたい》をつくる」

ギスカールは宣告した。とまどったように、モンフェラートは王弟の顔を見返した。ギスカールの顔には、疲労ともいらだちともつかぬ不快そうな表情があった。ためらいつつも、モンフェラートは問うた。

「督戦隊と申されますと、どのような」

「もし兵士どもが臆病風に吹かれて逃げ出すようなことがあれば、督戦隊に命じて斬り殺させる。味方に殺されるのがいやなら、兵士どもは死物ぐるいで敵と戦うしかあるまいて」

「お、王弟殿下……！」

モンフェラートは絶句した。ギスカールが断行しようとしているのは、恐怖によって全軍を律することであった。軍律を厳しくして虐殺や掠奪《りゃくだつ》を禁じる、などということと事情《わけ》がちがう。ギスカールは兵士たちの勇気と忠誠心を信じることができなくなっていた。

モンフェラートの蒼《あお》ざめた顔をながめやって、ギスカールは笑う形に唇をゆがめた。

「おぬしの意見は聞かずともわかっておる。いっておくが、おれが必要としておるのは、おぬしの意見ではなく、おぬしの服従だ。わかったな、モンフェラート」

「殿下……」

「ただちに督戦隊を編成せよ。人数は五千人でよかろう。指揮者については心あたりがあるゆえ、おぬしは人数をそろえてくれ」

「かしこまりました」

暗然としつつ、モンフェラートは一礼して王弟の命を承《うけたま》わった。そして胸中に歎《なげ》かざるをえなかった。……何と、わが軍は伝説にあらわれる海中の大章魚《おおだこ》にひとしいではないか。生きながらえるために自《みずか》らの足を喰《くら》おうとしている……。

Ⅲ

夜の熱気が朝の光と覇を争って、空の半分に血を流出させたかと見える。それほどに不吉な印象をもたらす朝焼けが、パルス軍の背後に鮮血色の幕をひろげていた。

パルス軍十万はよく統率されていた。双刀将軍《ターヒール》と尊称される万騎長《マルズバーン》キシュワードの力量もだが、国王《シャーオ》アンドラゴラスの他者を圧倒する迫力もその一因であった。彼は息子《むすこ》である王太子アルスラーンを追放して、その軍を乗っとったのだが、面と向かってその行為を非難できる者はいなかった。「カイ・ホスロー武勲詩抄」にも記されているように、「地上に国王《シャーオ》はただひとり」なのである。

陣頭に馬を立てて、アンドラゴラスは敵陣を遠望している。半馬身さがって、双刀将軍《ターヒール》キシュワードがひかえていた。国王は甲冑を鳴らして、キシュワードをかえりみた。

「ナルサスあたりは考えておろうよ。予とルシタニア軍とが相撃《あいう》ちとなり、ともに倒れて起《た》つことができぬ。そうなればしめたものだとな。だが、ふふふ、そうそう青二才の思いどおりに世は動かぬて」

アンドラゴラス王の冷笑は、対象を斬《き》りすてるというより撃《う》ち砕《くだ》くようであった。キシュワードはわずかに身ぶるいした。

「ナルサス卿はひとえに王太子殿下への忠誠を励んでおるものと思われます。王太子殿下への忠誠は、すなわち国王陛下への忠誠ではございますまいか」

「忠誠か」

アンドラゴラスは乾いた笑声をくぐもらせた。キシュワードの耳に、それは不吉なひびきを感じさせる。

「アトロパテネの会戦で予を裏ぎったカーラーンめも、己れのことを無比の忠臣と思いこんでおったようだ」

「陛下……」

「ふふ、誰にとっての忠臣かな。忠臣どもが寄ってたかってパルスを押しつぶそうとしておるように、予には思える。笑うべきことよな」

キシュワードは返答ができず、視線を国王の横顔から敵陣の方角へ移したのだった。

このときパルス軍には、いまひとりの万騎長《マルズバーン》がいる。「ほら吹き」と異名をとる片目の偉丈夫《いじょうふ》で、本名をクバードという。一万の騎兵を中心に、パルス軍の右翼《うよく》部隊全体が彼の指揮下にあった。パルス軍は朝焼けを背にして西を向いているので、その右翼を占めるクバード隊は、戦場全体のなかで北東部に位置することになる。半ファルサング（約二・五キロ）の距離をへだてて、茫漠《ぼうばく》たる野の西方には、ルシタニア軍の左翼《さよく》が布陣していた。朝焼けの彩《いろど》りを受けて、ルシタニア軍の甲冑や盾《たて》は、すでに血をあびたような色あいにきらめいている。それを遠望するクバードの片目に、恐怖や不安はない。

「さて、始まりの終わりか、終わりの始まりか」

片目の偉丈夫は、一瞬ごとに熱くなる朝風に向かってうそぶいた。

「イアルダボート教の神はただひとり。それに較《くら》べて、パルスには多くの神々がいたもう。数だけならわが軍の勝利だがな」

傍にひかえた千騎長のバルハイが何かいいたそうな表情をした。何とも神々に対して不敬な言葉に思えたのである。バルハイの表情に気づいて、クバードは一笑した。

「心配するな、バルハイ。ここはアトロパテネではない。われらが国王《シャーオ》も、あのときのようなまねはなさるまいて」

陽気な大声である。だが語る内容は辛辣《しんらつ》をきわめた。クバードがあてこすっているのは、アトロパテネの戦い半ば、死闘する将兵を見すてて戦場を離脱した国王《シャーオ》の行為についてであった。死闘のさなかに「国王逃亡！」の報を受けたクバードは、主君を見放したのである。

思えば、アトロパテネの会戦を経験したパルス人といえば、この場にはアンドラゴラス王とクバードが存在するのみである。無敵であるはずのパルス騎兵隊が無残な潰滅《かいめつ》をとげるありさまを、クバードは見たのだ。今回も何がおこるかわからぬ。そう思いつつ、自分が死ぬかもしれぬとはこの男は考えていないのだった。

角笛《つのぶえ》が鳴りひびいた。国王の本陣から湧きおこった角笛の音は、波うって各処にひろがり、それがなお波及するなかで、規則ただしい騎馬の足音にとってかわられた。

パルス軍の前進と呼応するように、ルシタニア軍も前進を開始している。血を溶かしたような朝焼けにむかって、人と馬とが歩みよっていくのだった。

「アトロパテネのときとは、気象がまるでちがいますな」

モンフェラート将軍の言葉に、ギスカールはむっつりとうなずいた。彼らもまた、アトロパテネの会戦を思い出さずにいられなかったのである。そしていま、「サハルード平原の会戦」は両軍のどちらに吉をもたらすだろうか。

この戦いに参加した兵力は、パルス軍が約十万、ルシタニア軍が約二十一万であった。エクバターナを進発したとき、ルシタニア軍の総勢は二十五万であったが、七月末にボードワン将軍をふくむ二万五千を失い、逃亡者や脱落者も出て、その兵力は当初より減少していたのである。

それでもなお、ルシタニア軍はパルス軍の二倍を算《かぞ》えており、正面から戦えば負けるはずはないと思われた。だが総帥のギスカール自身、勝利の確信を欠いていたのだ。だからこそ督戦隊などという「暗い知恵」を発揮せざるをえなかったのである。

督戦隊の指揮官に任じられた人物は、エルマンゴーという騎士である。昨夜ギスカールが本陣でパルス人に襲撃されたときに、救いに駆けつけたふたりの騎士の片われであった。彼の仲間はパルス人に斬り殺されたが、生き残った彼は、王弟殿下にほめたたえられ、思いもかけぬ栄誉をさずかった。「おぬしにまかせるぞ」と王弟殿下にいわれて、エルマンゴーは感激し、忠実に命令にしたがうつもりだった。それは、逃げようとする味方を殺すという、おぞましい任務であったのだが、エルマンゴーはそのことに気づいていない。

両軍の距離は、矢がとどくほどの数字になった。まず矢戦《やいくさ》がはじまった。

数億の蝗《いなご》がいっせいに飛び立ったかのように思われた。両軍の矢は風となって空の下を走り、雨となって地上に降りそそいだ。死と苦痛をもたらす銀色の雨である。両軍ともに盾《たて》をあげて矢を防いだが、盾と盾の隙間《すきま》に矢が落ちると、そこから悲鳴やうめき声が湧きあがるのだった。

矢の雨が降りつづけるなかで、両軍の距離はさらに縮まっている。そして矢に埋《う》められていた空が開け放たれ、両軍の戦士たちは盾をさげて前方を見すえた。たがいの顔がはっきりと見えるほどに、彼らは近づいていた。

パルス軍の陣頭で、アンドラゴラス王が高々と右手をあげ、振りおろした。ルシタニア軍の陣中で、ギスカールが同じ動作をした。この瞬間、「サハルードの会戦」は、白兵戦に移行したのである。


パルス軍十万のなかで、もっとも迅速な動きで敵に襲いかかったのは、クバードのひきいる右翼部隊であった。クバードは抜き放った大剣の尖先《きっさき》で朝空をさしながら、全軍の先頭に立ち、長槍《ちょうそう》の穂先をそろえた部下たちが彼につづいた。四万個の馬蹄《ばてい》が地軸をゆるがして敵陣へと殺到する。

クバードは国王のために戦う意思にはとぼしかったが、パルスの大地からルシタニア人をたたき出すのは望むところであった。悍馬《かんば》を駆り、大剣をひっさげて戦場を疾駆するのは、さらに好むところだった。片目の偉丈夫は、無造作に馬を敵勢のまっただなかへ躍りこませた。殺戮《さつりく》がはじまった。

クバードは厚刃《あつば》の大剣を振りおろした。強烈な手ごたえがあって、ルシタニア騎士の冑《かぶと》が割れ、眼球と鼻血が犠牲者の顔から飛び出した。死者が地上へ落下するより早く、クバードの大剣は反対方向へ光の軌跡を描き、槍をつかんだままの手首を宙高くはねあげた。重く鋭い斬撃が熱気を割ると、飛散する人血によって、大気はさらに熱さを増した。落馬した騎士は敵味方の馬蹄に踏みにじられ、みるみる血みどろの肉塊と化してしまう。クバードの長身は血煙《ちけむり》につつまれ、大剣の一閃《いっせん》ごとに敵の軍馬は鞍を空《から》にした。

片目の偉丈夫は、ルシタニア人の肉体を斬り裂いただけでなく、勇気と敵愾心《てきがいしん》をも斬り裂いたのだ。イアルダボート神の信徒たちは恐怖と敗北感に打ちのめされ、浮足だった。神の加護も、この片目の邪教徒に対しては通じないように見えた。クバードと彼の部下はルシタニア軍を押しまくり、蹴散《けち》らし、ルシタニア軍の戦線は左翼から崩壊するかに見えた。

ギスカールは、まだ沈着さをたもっていた。督戦隊に出動を命じる時機が来ていないことを、王弟は正しく判断した。くずれかけた左翼をささえるために、ギスカールは援軍を送ることにしたのである。このような際には、ルシタニア軍の人数が意義を持つのだった。

あらたに三千の騎兵と七千の歩兵が、ルシタニア軍の左翼に投入された。指揮官はファン・カリエロ男爵という人で、モンフェラート将軍の腹心であった。

IV

敵の陣容が厚みを増してくる。クバードは大剣に付着した人血を振り落とし、一本だけの不敵な視線を敵勢に放った。まだ彼は死ぬつもりはなかったし、部下を道づれにするつもりもなかった。彼は千騎長のバルハイを呼び、後退を命じた。ほどなく十数本の角笛《つのぶえ》がおなじひとつの曲を吹き鳴らしはじめた。

パルス軍の右翼部隊は前進から後退にうつった。途中に停滞というものがない。進むのも速かったが、退《しりぞ》くのも速かった。戦場の一部に血なまぐさい空白が生じた。パルス軍が退き、ルシタニア軍が急速に前進する。そのときであった。イスファーンのひきいる部隊が急進して、ルシタニア軍の側面に襲いかかったのは。

「全軍突撃《ヤシャスイーン》!」

叫びざま、イスファーンは頭上で剣を回転させた。磨きあげられた刃は、若い勇将の頭上で、銀色の車輪さながらにきらめきわたった。彼がひきいるのは騎兵ばかり四千騎で、おどろくべき速度と勢いでルシタニア軍に喰いついた。

出会った最初の敵を、イスファーンは斬りむすぶこともなく鞍上《あんじょう》から転落させた。すれちがう一瞬に、顎《あご》の下を深く斬られて、ルシタニア騎士は宙を斬りながら地表へ落ちていったのだ。甲冑と大地とが衝突するひびきは、馬蹄のとどろきにかき消されて、誰の耳にもとどかなかった。

両軍は激突し、揉《も》みあい、殺しあった。剣が首を切断し、槍が胴をつらぬき、戦斧《せんぷ》が頭を撃ち砕き、血の匂いが戦士たちの鼻孔《びこう》になだれこんで彼らを窒息《ちっそく》させんばかりである。イスファーンはふたりめの咽喉《のど》をつらぬき、引きぬいた刀身を水平に走らせて、三人めの肩を斬り裂いた。

パルス軍の連係は巧妙をきわめ、ルシタニア軍の左翼部隊を危機におとしいれた。クバードの後退に引きずられる形でルシタニア軍は突出してしまい、長く伸びた隊列の右側面にイスファーンの強烈な横撃《おうげき》を受けてしまったのである。

ルシタニア軍は引き裂かれた。やわらかく煮こんだ羊肉が厚刃の剣で両断されるように、前後にちぎられてしまったのである。それを遠望したモンフェラート将軍が、ギスカールの傍《かたわら》で思わず絶望の呻《うめ》きをもらした。

さらにこのとき、五千騎ほどの兵力が戦場の外縁部から出現して、ファン・カリエロ男爵の軍を左後方から斬りくずしはじめたのである。

それはトゥースの部隊であった。もともと寡黙《かもく》であったこの鉄鎖術《てつさじゅつ》の名人は、王太子アルスラーンが追放されて以来、さらに寡黙になり、アンドラゴラス王に対して礼節をおこたるようなことはなかったものの、明らかに、見えない壁をへだてて主君に接するようになっていた。それでもなお、トゥースは勇敢な、信頼に値する男で、自己に課せられた責務をつねに果たしてきたのである。

イスファーンに対して苦闘を強《し》いられていたルシタニア軍は、後方からの苛烈《かれつ》な攻撃におどろき、かつ狼狽《ろうばい》した。パルス人はまさしく騎馬の民であって、トゥラーン人を除いては大陸公路に比類ない機動力を持っていた。そして、個人戦闘においてはともかく、集団戦術において、パルス軍はトゥラーン軍を凌駕《りょうが》していたのである。

ルシタニア軍の戦列は、一瞬ごとに削りとられていった。彼らの戦列の左右で、血と火花と刃音《はおと》が無慈悲な壁をつくり、ルシタニア軍はそれを突き破ることができなかった。

ルシタニアの軍馬が悲痛ないななきを発して横転し、鞍上から騎手の死体が地に投げだされる。砂と血が舞いあがり、赤と黄の縞が戦士たちの視界にひろがった。刀身が激突し、槍身《そうしん》がからみあい、血が大地に吸いこまれていった。

ルシタニア軍の苦境は左翼部隊だけではなかった。右翼部隊は、キシュワード指揮下のパルス軍と激突し、大きな損害を出していたのだ。

ルシタニア軍の右翼部隊は、たたきのめされ、斬りきざまれ、潰乱《かいらん》寸前となっていた。キシュワードの指揮は巧妙をきわめ、ルシタニア軍を分断し、孤立させてはたたきつぶし、ルシタニア軍に数の優位を誇らせなかった。しかもキシュワードは、一万騎の部下を完全に統御しつつ、自らも二本の剣をふるってルシタニア兵をつぎつぎとこの世から追い出していた。変幻自在の剣技は、ルシタニア兵の抵抗できるようなものではなかった。

その雄姿を見はるかしたルシタニア騎士のひとりが、乗馬を駆って王弟ギスカールに注進におよんだ。キシュワードを指さして彼は告げた。二本の剣を魔術のごとくあやつるかの騎士こそ、ボードワン将軍を斬った憎むべき敵将である、と。それを聞いたギスカールは、けわしい怒気と憎悪をこめてキシュワードの姿をにらみつけた。

「よし、ボードワンの仇《かたき》を討ってやる。増援軍を二万、右翼にさしむけろ。指揮官はプレージアン伯だ」

とにかくルシタニア軍は兵数では有利なのだ。惜しみなく兵力を戦場に投入し、パルス軍を疲労させれば戦局全体の勝機もつかめるであろう。ギスカールの傍《かたわら》にいるモンフェラートは腹をすえることにした。督戦隊などといういやな手段を使わずに戦って勝ちたいものだ、と、モンフェラートは思ったのである。

王弟殿下の命令を受けたプレージアン伯は、勢いこんで兵を動かしはじめた。彼はあまり深く物事を考える性質《たち》の人物ではなかったので、ギスカールの相談役などをつとめることはできなかった。だが勇敢で、戦いぶりに迫力があったので、このような場合には役だつ武将だった。

「進め、進め！　異教徒どもにルシタニア人の強さを見せてやるのだ！」

プレージアン伯は、兵士たちに耳鳴りをおこさせるほどの大声でどなると、土煙を巻きあげながら戦場へ突入していった。用兵も戦法もあったものではなく、濁流《だくりゅう》が低地になだれこむような勢いの突進であった。

「進め、進め！」

乱戦の渦《うず》のなかで、プレージアン伯はどなりつづけている。彼は一騎士としてもなかなか勇猛な男で、右手に鎚矛《メイス》、左手に盾を振りまわし、神に背く異教徒どもの幾人かを、馬上からたたき落とした。異教徒の頭部がくだけ、血がほとばしって彼の顔にかかると、どなり声はさらに大きく、勢いを増した。

「進め、進め！　進め、進め！」

パルス兵たちはルシタニア語を解さなかったが、巨体に甲冑をよろって猛進するルシタニア人の怒号《どごう》は、きわめて不吉なものに聴こえたであろう。

「あの男は、進め進めという以外のルシタニア語を知らんのかな、モンフェラート」

「どうもそのようで。なれど、このような場合には頼もしい御仁でござる」

戦いが始まってから、ずっと陰気な表情だったギスカール公とモンフェラートが、つい苦笑をかわしあった。それほどに、プレージアン伯の猛戦ぶりはめざましかった。パルス軍もそれに恐れをなし、槍を引き、馬首をめぐらして後退をはじめた。

キシュワードとしては、このようにむちゃくちゃな戦いかたをする敵を相手にして、損害を増やしたくはなかった。どうせ敵は遠からず息切れするに決まっているのだ。

「落ちついて退《ひ》け！　隊列をくずすな」

そう命令し、自らが殿軍《しんがり》をつとめて敵を撃ちはらいながら後退した。ふと彼の目が、敵陣の背後に奇妙なものを見出《みいだ》した。熱気をただよわせる夏空に、黒と灰色の煙が勢いよく立ちのぼったのである。そのことに気づき、ルシタニア軍もおどろいた。

「だ、誰が糧食に火を放った!?」

モンフェラートは動転した。ギスカールは狼狽のようすこそ見せなかったものの、両眼に怒りと失望のひらめきが走った。彼は鞍上《あんじょう》で身をひねって、たちのぼる黒煙をにらんだ。

「すぐに火を消せ！」

ギスカールは、ようやく声をはりあげた。モンフェラートの指示で、三千人の兵士が消火に駆けつけたが、空気は乾き、近くに水はない。砂や土をかけて消火に努《つと》めたが、ほとんど無力で、膨大《ぼうだい》な糧食は、みるみるうちに燃えつき、ほとんど灰と化してしまった。

パルス軍の万騎長《マルズバーン》キシュワードは、敵陣の背後にあがる黒煙を認めたものの、とっさにどう判断してよいかわからなかった。何ごとかと思ったとき、煙の一部がちぎれたように天空を飛来してくる鳥の影を見つけた。喜びの声をあげて舞いおりてくる鷹《シャヒーン》の姿を確認したとき、沈毅《ちんき》なキシュワードが思わず声をあげた。

「告死天使《アズライール》……！　なぜこのようなところに」

驚愕は一瞬のことでしかなかった。告死天使《アズライール》はキシュワードの代理者として王太子アルスラーンの傍《そば》にいるのだ。ということは、王太子アルスラーンと彼の軍隊が、この近くにいることを意味する。

「帰参《きさん》なさったか、王太子殿下が……」

みごとなひげのなかで、キシュワードは口もとをほころばせた。

「では、おれもそろそろ反撃するとしようか」

ルシタニア軍の後方に火を放ったのがアルスラーンの部隊であることを、キシュワードは悟ったのであった。彼はたちどころに兵に指示を出し、急速な逆撃に転じた。勢いだけで猪突《ちょとつ》してきたプレージアン伯の軍は、巧妙なキシュワードの用兵に翻弄《ほんろう》され、分断されてはたたきのめされた。プレージアン伯は鎚矛《メイス》をうちふって包囲を突破し、ついに抗戦を断念して、丘のひとつへと馬を走らせた。そのあとをキシュワードが追う。

そのとき、嵐にも似た勢いで稜線《りょうせん》を躍りこえてきた騎馬の影がある。

甲冑も黒一色、悍馬《かんば》も黒、熱風にひるがえるマントの裏地だけが朝焼けの色を映したような深紅であった。プレージアン伯はうなり声をあげた。血に染まった鎚矛《メイス》を振りかざし、あらたな敵にむけて突進する。

一合にもおよばず、プレージアン伯は長槍の穂先に鎖骨の上方を突きぬかれ、鞍上からもんどりうった。騎手を失った馬は、ひとついななきを発して、人間どもの戦いから逃《のが》れ去った。

「キシュワード卿、申しわけない。おぬしの獲物を横どりしてしまった」

そう挨拶《あいさつ》する相手の素姓を、キシュワードはむろん知っていた。パルス王国最年少の万騎長《マルズバーン》、「戦士のなかの戦士《マルダーンフ・マルダーン》」と異名を持つダリューンである。彼につづいて、さらにキシュワードの旧知の人物が騎馬の姿をあらわした。

「おう、ナルサス卿もいっしょか」

「おひさしぶりだ、キシュワード卿」

王太子の軍師として知られる青年貴族は、型どおりに礼をほどこした。

「五万の兵を集めねば帰参するにおよばず」

それがアンドラゴラスの宣告であり、王太子は事実上、兵権《へいけん》を解《と》かれて追放されたのである。ダリューン、ナルサスら数騎だけが、国王の命令に背いて王太子にしたがった。王太子一行は南方ギランの町におもむき、そこで兵を集めているはずだった。

「さればだ、キシュワード卿、われらが集めた兵力は三万にたりぬ。未《いま》だ五万に満たぬゆえ、アンドラゴラス陛下のもとに帰参することはかなわぬ」

ナルサスはいったが、すこしも残念そうではなかった。僚友《りょうゆう》ダリューンと視線をかわして小さく笑う。

「われらは陛下のもとに帰参するつもりはない。王太子殿下のもとで独自の行動をとるのみ。好んでのことにあらず、陛下の勅命《ちょくめい》にしたがえば、そうならざるをえぬ」

たしかにそのとおりだ。キシュワードはナルサスの論法を認めざるをえなかった。国王からのあらたな命令がないかぎり、帰参すれば勅命に背くことになる。独自の行動をとるしかないわけである。ダリューンも一笑した。

「キシュワード卿、おぬしとこうやって相見《あいまみ》えたのは、王太子殿下の御意によるものよ。告死天使《アズライール》の主人に挨拶なしではすまされぬとおっしゃるので」

それでダリューンとナルサスが「挨拶に立ち寄った」わけである。アルスラーン自身が来なかったのは、キシュワードの立場に配慮したからであった。

「アンドラゴラス陛下は、ルシタニア軍と正面から戦って、武勇を天下に誇示なさるがよろしかろう。その間に、われらは王都エクバターナを掌中《しょうちゅう》におさめさせていただく。請《こ》う、悪く思いたもうな」

ナルサスの貴公子めいた顔に、ふたたび微笑が浮かぶ。いたずらっぽい、と表現するには、鋭いものが含まれた笑いであった。

V

南部海岸を劫掠《ごうりゃく》してきた海賊どもを平定して、王太子アルスラーンは港町ギランに支配権を確立した。ギランの豊かな富がアルスラーンのもとに流れこんできた。集めた兵数は三万にたりなかったが、軍用金と糧食とは、膨大なものであった。アンドラゴラス王も、ルシタニア軍も、その点においてアルスラーンに遠くおよばぬ。

これらの軍用金と糧食を管理し警備していたのは、港町ギラン出身のグラーゼであった。彼はオクサス河の水路を利用して、二十万人の軍隊を半年にわたってささえるほどの物資を最上流部にまで運び、そこに蓄積した。そこから北へ向けては、大いそぎで街道を整備し、要所に百人単位の兵士を配置して警備をかためた。グラーゼ自身は三千の兵をひきいて、オクサス河の最上流部に陣地をかまえた。そこからさらに北上するアルスラーンの軍に対しては、陸路を使って補給をおこなう。さらに兵士や軍用金や糧食の補充が必要になったときには、水路を使ってギランの街と連絡することができるのだ。また手もとに三千の兵があれば、さしあたり盗賊団の襲撃なども恐れる必要がなかった。

グラーゼは武人として勇敢で統率力にすぐれている。それだけではなく、商人としての才覚も兼ねそなえており、軍隊にとって資金と糧食がどれほどたいせつか、それらを用意し、また戦場まで運ぶことがどれほど重要か、よく知っていた。軍師ナルサスにとって、グラーゼの存在は、まことにありがたいものであった。

少年時代、ナルサスは王立学院で兵学の授業を受け、「敵と戦うにあたって必要なものをふたつ記せ」と教師にいわれた。ナルサスが書いた答案は「資金と糧食」であったが、教師の正解は「知恵と勇気」であった。答案に落第点をつけられたナルサスは落胆するところか、昂然《こうぜん》としてうそぶいたものである。

「世に愚者《ぐしや》の多いことがよくわかった。これではぼくが勝ちつづけるのは当然だ。知恵と勇気などいくらでも湧いて出るが、資金と糧食はそうはいかないんだぞ」

ナルサスには、このように冷徹な現実感覚と、奴隷《ゴラーム》制度の廃止を考えるような理想と、両方が同居している。国王であるアンドラゴラス三世に対する態度は、現実感覚の、かなり手きびしい部分のあらわれであろう。

「陛下には、どうせ誠心をつくしても報われぬのだ。であれば、誠心もほどほどにして、こちらのやりたいことをやっておくほうが、よほどましというものさ」

それがナルサスの考えであった。彼にいわせれば、忠誠心も慈悲も一方的なものではありえない。忠誠心の通じぬ相手に忠誠をつくしたりするのは、無益というものである。さすがに、そこまで露骨に口に出してアルスラーンをそそのかしたりはしなかったが、王太子が父王から離れて自立するための準備は着々ととのえていた。

アルスラーンはまだ十五歳に達していない。ほんの少年である。だが、彼には王太子としての巨大な責任があった。パルス国の現在と未来に対する責任である。彼は軍師ナルサスと相談をくりかえし、態度を決めていた。

どのみちエクバターナはパルス人の手によってルシタニア人の支配から解放されねばならないのである。アルスラーンは決断した。父王に先んじてエクバターナを敵の手からとりもどそう、と。何かを為《な》そうとすれば、万人にほめたたえられ喜ばれるというわけにはいかない。すでに「奴隷制度廃止令」を発布して、パルスの旧《ふる》い社会体制を否定したのだ。そして父王アンドラゴラスは、パルスの旧勢力を代表する人であった。

　アルスラーンが改革の理想をつらぬくとすれば、そしてアンドラゴラス王がそれをはばむとすれば、いつか父子は対立せねばならなかった。そのとき、アンドラゴラス王が武力で対抗するのを断念せざるをえないほどの実力が、アルスラーンにあれば、無用な流血はなくてすむであろう。そのためには、実績をつみ、兵力を集め、財力をたくわえておかねばならない。改革をおこなうには、改革に反対する者をおさえつける力が必要なのだ。それは理想と現実とのせめぎあいであり、地上に「よりましな」国をつくるための、避けがたい矛盾《むじゅん》であった。

　キシュワードと別れて、戦場の外縁部に馬を走らせながら、ダリューンとナルサスは戦いのありさまを見やった。

「妙だな。ルシタニア軍の動きには解《げ》せぬところがある」

　ダリューンが首をかしげた。彼はもともと戦士であるだけに、眼前に展開される光景に不審を感じたのである。

「兵数は圧倒的に多いのだし、もっと戦いようがあるはずだ。なのに……」

「おぬしならどうする、ダリューン」

「おいおい、軍師に対して兵学を説けというのか。おぬしに兵学を説くのと、ギーヴに色事を説くのは、どちらもだいそれたことだと思うがな」

苦笑したが、かさねて問われ、ダリューンは答えた。

「おれがルシタニア軍の総帥であれば、あえて兵力を二分する。そうするだけの兵力差があるからだ。もっとも信頼する宿将に別動隊を指揮させ、戦場の外側を迂回《うかい》して敵陣の背後に出させる」

別動隊が敵軍の背後から攻撃をかけると同時に、本隊も敵に対して全面攻勢に出、前後から挟撃《きょうげき》する。それまで本隊は陣を堅く守って、ひたすら負けぬよう時間を稼いでいればよいのだ。それがダリューンの意見であった。ナルサスはうなずいて賛意を表した。

「たしかにそれ以外の戦法は考えられんな。敵に対して二倍の兵力があれば、それができるはずだ」

ナルサスも、友と同じ不審を感じていたのであった。

それなのにルシタニア軍は、なぜそうしないのか。いや、それどころか兵力を一万、二万と小出しにしているように見える。小出しにした兵力が、つぎつぎと各個撃破されるだけで、もっとも愚《おろ》かしい用兵といわねばならない。ナルサスには、ルシタニア軍の総帥ギスカール公が無能だとは思えなかった。おそらく何かたくらんでいるに相違ない。

ダリューンとナルサスを待つ間、アルスラーンも丘の上で両軍の戦いを見守っていたが、ときおり小首をかしげずにはいられなかった。どうも納得のいかぬ戦いぶりなのである。

「ギスカール公はルシタニア随一の智恵者と聞くが、追いつめられれば手段を選んではいられぬということか」

アルスラーンがつぶやくと、「流浪の楽士」と自称するギーヴが、にやりと笑った。

「とすれば、われわれがおらずとも、どうにかパルス軍は勝てそうでござるな」

「いずれにしても、これ以上この地におとどまりあるは無用のことでございます。そろそろ立ち退《の》くといたしましょう、殿下」

女神官《カーヒーナ》ファランギースがそう勧《すす》めた。アルスラーンはうなずいた。彼がいだいた疑問に対しては、近いうちにナルサスが解答を与えてくれるだろう。

そのナルサスも、ダリューンとともにもどってきた。「王太子殿下の御武運を祈る」というキシュワードの伝言をたずさえてきたのである。

「では王都へ！」

叫んで、アルスラーンは左手をあげた。黒い鷹《シャヒーン》の影が宙空から舞いおりてそこにとまった。

このときアルスラーンに随従する面々は、ダリューン、ナルサス、ギーヴ、ファランギース、ジャスワント、エラム、アルフリード、そしてメルレインであった。もっとも、ゾット族の若者は、自分が置かれた状況に納得しがたい気分であったようだ。彼は妹であるアルフリードを引きずってゾット族の村に帰るつもりであったのに、妹は王太子の軍師にくっついて離れようともせず、口うるさい兄に向かって提案したのである。

「とにかく王都から侵略者を追い出して、それからのことにしようよ、兄者。ゾット族は王太子殿下と仲よくやっていけそうなんだしさ」

ギランの街で王太子一党と協力して海賊どもを討ち滅ぼし、栄誉の黒旗《こっき》を受けたことも、アルフリードは兄に話した。メルレインとしては、このような状況で妹を残して自分ひとり村に帰るわけにもいかぬ。さしあたり、王都を奪還するまでは、つきあわざるをえないようであった。

こうしてアルスラーンとその軍が、平原の南を王都の方角へと進みはじめた後も、戦いはまだつづいている。

パルス軍の本陣で、アンドラゴラス王は不機嫌そうだった。彼は勝利を確信していたが、それにもかかわらず、表情は晴ればれとしたものにならなかった。あるいは、ルシタニア軍の糧食を焼いたのがアルスラーンではないかと疑い、「よけいなまねをしおって」と思っているのかもしれぬ。

キシュワードとしては、国王に対していいたいことが山脈ひとつ分ほどあるのだが、非難や批判の言葉を口にすることはできなかった。それは何よりも、キシュワードの体内を流れる武門の血によるものであったが、その他にも理由がある。アトロパテネの会戦でルシタニア軍の虜囚《りょしゅう》になったアンドラゴラス王は、半年以上にわたって鎖につながれ、地下牢《ディーマース》で虐待されていたのだ。人がらに変化が生じても不思議はない。せめて王都エクバターナを侵略者どもから奪回するまでは、いいたいことも抑えていようと思っていた。

いまひとりの万騎長《マルズバーン》クバードのほうはといえば、国王《シャーオ》の不機嫌など知ったことではなかった。いちいち気にしていられるか、と思うのである。アトロパテネの敗戦以来、苦難を強《し》いられたのは国王ひとりではない。エクバターナの市民も、地方の農民も、ルシタニア軍のためにどれほど悲惨な目にあわされたかわからぬ。すべてはアトロパテネで国王が敵に敗れたためであって、すべての責任は国王が負わねばならぬ。それが国王というものではないか。

ルシタニア軍に動揺が生じ、大きく波紋をひろげた。パルス軍の一部隊がルシタニア軍の後方にまわりこんで王都への退路をたつかに見えたのである。

この部隊は、アルスラーンのひきいる二万五千の軍であった。ことさらに行動を見せつけて、ルシタニア軍の動揺をさそったのだ。せめてもの、父王に対する協力であった。

「パルス軍の新手《あらて》が戦場の西に出現した！　エクバターナへの道が絶たれる！」

恐怖に満ちたその叫びは、弓から放たれた矢の速さで、ルシタニア全軍を席捲《せっけん》した。

これまでルシタニア軍は、幾度もくずれそうになりながら何とか踏みとどまり、よく戦ってきた。だが「退路を絶たれる」という恐怖が彼らの戦意をくじけさせた。彼らは剣を引き、槍をおさめた。馬首をめぐらし、踵《きびす》を返した。意味をなさない叫びを口々にあげて、潰走《かいそう》をはじめた。パルス軍はそのありさまを見のがさなかった。追撃を合図する角笛が音響をかさねる。逃げ走るルシタニア軍に、パルス軍は追いすがった。槍で背中を突き刺し、剣で頭をたたき割り、倒れるところを馬蹄で踏みにじった。ルシタニア軍に対して慈悲を与える理由など、パルス軍にはなかったのである。

逃げまどい、追撃される味方の姿を見て、ギスカールはついに督戦隊の出動を命じた。モンフェラート将軍が再考を求めようとしたが、王弟はそれに応じなかった。

「かまわぬ、逃げる者は射殺せよ」

「王弟殿下……」

「無用な者は死ね！　浮足だった役たたずどもを養うような余裕は、わが軍にはない。死んで、わが軍の負担を軽くしてもらおうではないか」

ギスカールは吐きすて、仰天《ぎようてん》したモンフェラートは声もなく王弟を見つめた。王弟が苦悩の極《きよく》、狂《きよう》したかと彼は思ったのだ。だが、モンフェラートの観察はまちがっていた。ギスカールは狂気と正反対の場所にいたのだ。冷酷なほど徹底した打算を、彼はめぐらしていた。

「この戦いは負けだ。しかたない。だが、敗北をそのまま滅亡に直結させたりはせんぞ。すべてはこれからだ」

口には出さぬ。だがギスカールの意志と野心は不屈だった。もともと大陸西端の貧乏国であったルシタニアを、たけだけしい征服者集団にしたてあげたのは、ギスカールひとりの努力と才能の結果であるといってよいのだ。

ギスカールの命令が伝達された。こうして戦場は、あらたな血なまぐささにおおわれることになった。

エルマンゴーに指揮される督戦隊は、逃げくずれてきた味方に向かって矢の豪雨をあびせかけた。ルシタニア軍の人馬は、ルシタニア軍の矢をあびて、宙空と大地に血をまきながら倒れていった。

「味方だ！　おれたちは味方だ、矢を射かけるな！」

仰天した兵士たちが、悲鳴をあげてそう抗議したが、矢の雨はいっこうに衰えぬ。エルマンゴー以下、督戦隊の兵士たちは、味方と承知の上で矢をあびせているのだから、いくら抗議されても頼まれても、味方を殺す手をゆるめることはなかった。それどころか、大声で罵倒《ばとう》のかぎりをつくしたのである。

「死にたくなければ、引き返して異教徒どもと戦え！　この卑怯者どもめ。神のお怒りが汝らの頭上に落ちかかるぞ！」

その声を聴いたルシタニア兵たちは、一瞬、呆然《ぼうぜん》と立ちすくんだ。それはただちに直観的な理解につながり、絶望的な戦意に転化した。

「わあっ」と彼らは叫んだが、それは喊声《かんせい》というより絶鳴に近かった。だがいずれにしてもルシタニア軍は逃げるのをやめ、戦うためにとってかえしたのである。

パルス軍にとっては、はなはだ意外なことであった。まさに潰乱寸前に見えたルシタニア軍の逃げ足がとまったかと思うと、死物ぐるいの勢いで反撃してきたのだ。ルシタニア軍の剣と槍が、パルス軍のそれを圧倒し、押しまくった。血しぶきがはねあがり、剣が折れ飛び、死体が散乱して、目をおおいたくなるような凄惨《せいさん》な混戦になった。だが、押されつつもパルス軍はくずれはしなかった。

「つづきはせん」

片目のクバードはそう断言した。ルシタニア軍の猛反撃がきわめて不自然なものであることを、彼は見ぬいていたのである。キシュワードの意見も同じであった。

「ルシタニア軍は劇薬の効果で、一時ものぐるっておるだけだ。薬の効きめが切れれば、戦うどころか起《た》つこともできはせぬ。すこしの間だけ耐えればよい」

歴戦の勇将たちは、正しく事態をとらえていた。狂熱《きようねつ》的なルシタニア軍の反撃は、戦局全体を変えることができぬうちに力つき、停滞してしまった。息が切れ、立ちつくすところへ、パルス軍の再逆撃《ぎやくげき》が始まった。そして今度は流れはとまらなかった。

督戦隊の指揮官であるエルマンゴーが殺されてしまったのだ。馬上で胸を張り、ふたたび味方が逃げくずれてきたら矢をあびせてくれよう、と意気ごんでいた彼は、どこからともなく風を切って飛来した一本の矢に、右耳の下を射ぬかれ、地上に転落してしまったのである。矢羽には、パルス語でミスラ神の名が記されていたが、ルシタニア人にはそれは読めなかった。彼らの目には、遠くの丘から走り去る騎影を、かろうじて確認しただけであった。

ルシタニア軍はついに崩れさった。二十万の大軍は二十万の敗残者と化して西へと逃れていく。王都エクバターナの方角へと。朝焼けに向かって戦いを始めたルシタニア軍は、いま夕焼けに向かって敗走していくのだった。

督戦隊も逃げだした。いまや彼らは、味方からも憎まれており、包囲されて鏖殺《おうさつ》されるのではないか、という恐怖に駆られて、武器を放り出し、甲冑もぬぎすて、できるだけ身を軽くして夢中で逃げ出していった。いつしか、総帥である王弟ギスカール公も戦場から姿を消してしまい、軍をたてなおすのに必死だったモンフェラート将軍も、わずかな部下に守られて落ちのびていった。

ルシタニア軍は大敗したが、半分はずるずると自滅したようなものである。この日、朝から夕刻に到る戦闘において、パルス軍の死者は七千二百余、それに対してルシタニア軍の死者は四万二千五百余であった。アンドラゴラス王は、ひとまずアトロパテネの敗戦の屈辱を雪《すす》いだのである。

第二章　王都奪還

I

　短い期間のうちに、状況は二転三転した。あまりにめまぐるしい変化が連続したため、渦中に置かれた人々は、自分たち自身の立場も歴史の流れもはっきりと把握《はあく》することができず、後日になって、「つまりこういうことであったのか、なるほど」と、はじめてうなずいたものである。

　まずルシタニアの王弟ギスカールは、王都エクバターナへの入城を避《さ》け、一時、西北方面へ落ちのびた。パルス軍の分裂と対立を知っていた彼は、エクバターナという美味《びみ》な餌《えさ》をパルス人どもの前に投げだしてみせたのである。パルス人どもが抗争して共倒《ともだお》れになればよし、そこまでいかずとも対立して弱体化するていどのことは期待できる。そしてルシタニア国王イノケンティス七世の身だ。彼はギスカールの兄である。ギスカールが王位につくには、兄王が死なねばならぬ。マルヤムの王女に刺された兄王は、エクバターナ城内で負傷の身を床《とこ》に横たえていた。パルス軍がエクバターナの城内に侵入すれば、イノケンティス七世を生かしておくはずがない。つまりギスカールは、自分の手を汚さずに兄王を地上から追いはらうことができるのだ。そして、手もとに残されたルシタニア軍を結集し、パルス軍の分裂抗争をあおってそのうち逆撃《ぎゃくげき》に転じ、今度こそ名実ともにルシタニア国王としてパルスを支配するつもりだった。

八月六日。パルス第十七代の国王《シャーオ》オスロエス五世の遺児《いじ》と称するヒルメスは、銀色の仮面をかぶった姿を、王都エクバターナの西方一ファルサング（約五キロ）の地にあらわした。

彼のひきいる将兵は三万を算《かぞ》えた。かつての万騎長《マルズバーン》サームによって訓練され、実戦で鍛《きた》えられた強兵たちである。この兵力に、エクバターナの堅固《けんご》な城壁を加えれば、ヒルメスの勝利は確実なものとなるように思われた。

王都に突入し、全城を占領したら、城門をすべて閉ざし、防御をかためる。同時に、王宮においてただちに即位を宣言するつもりであった。

「おれこそがカイ・ホスローの正嫡《せいちゃく》の子孫であり、パルス軍の真実《まこと》の国王《シャーオ》である」

それがヒルメスの誇りであり、これまでの苦難に満ちた人生をささえてきた信念であった。

すでに七月三十日の時点で、ヒルメスは、エクバターナの西方十六ファルサング（約八十キロ）の距離に迫っていた。まっすぐ進めば、八月二日には王都に突入することができたであろう。だが、ヒルメスは逸《はや》る心をおさえ、慎重に状況をうかがっていたのだ。王弟ギスカールのひきいるルシタニア軍は二十万以上、正面から激突すれば勝算はない。ルシタニア軍がアンドラゴラス王のパルス軍と戦闘状態におちいり、背後で何ごとがおころうとも手出しをする余裕がなくなる。そのような状況になるまで、ヒルメスは待っていたのである。

考えてみれば、いささかめんどうな事態ではある。王都エクバターナを奪還される側はルシタニア軍であるのだが、奪還する側はパルス軍とパルス軍とパルス軍であった。どのパルス軍がエクバターナを支配下に置いたとき、「王都を奪還した」という表現にふさわしい状態になるのであろうか。

アンドラゴラス王の陣営は、つぎのように主張するであろう。

「アンドラゴラス王はパルス王国第十八代の国王《シャーオ》であり、エクバターナの正当な主人である。王太子アルスラーンは国王あっての王太子であり、国王の命にしたがうべき存在である。銀仮面の男に至っては、死去したヒルメス王子の名をかたる不逞《ふてい》な無法者であるにすぎず、何の権利も持たぬ。王国にも王都にも、支配者はただひとり、国王あるのみ！」

それに対して、ヒルメス王子の陣営は反論するであろう。

「ヒルメス王子はパルス第十七代国王《シャーオ》オスロエス五世の遺児であり、正統の王位継承者である。アンドラゴラスは兄王オスロエス五世を弑逆《しいぎゃく》して王位を簒奪《さんだつ》した極悪人であり、彼の即位は無効である。当然ながら、アルスラーン王子の立太子も無効であり、ヒルメス王子こそがエクバターナの正しい支配者なのである！」

どちらにも、それなりの主張と根拠があるように見える。それでは第三勢力たるアルスラーン陣営の意見はどうであろうか。軍師ナルサスは語る。

「正統論議なんぞ知ったことか。やりたい奴だけ、いつまでもやっているがいいさ」

これは開きなおりというものだが、単なる開きなおりではない。「おれが正統だ。お前は僭称者《にせもの》だ」と、アンドラゴラスとヒルメスが争っている隙に、ちゃっかり実質的な支配権をにぎってしまおうというのである。不毛な正統論議でさえ、この自称天才画家は、軍略と政略に利用しようというのであった。

さて、八月にはいって五日まで、ヒルメスは熔岩《ようがん》のように煮えたぎる心をなだめすかしてきた。そしてついにその時が来たのである。六日未明、アンドラゴラス王とギスカール公とが戦場で対峙したことを諜者《ちょうじゃ》によって知ると、ただちにヒルメスは全軍に出動を命じた。もはやギスカールが、王都にとってかえすわけにはいかぬ。そのような行動をとれば、背後からアンドラゴラスの猛襲を受け、全滅してしまうであろう。

三万の兵はサームの指揮を受け、風のように野を移動した。直行して王都の西方にあらわれるのではなく、曲線路をとって王都の北方に迂回《うかい》したのは、サームらしい慎重さであった。このときサームは、陣中の客人であるマルヤム王女イリーナ内親王《ないしんのう》に百騎の護衛をつけ、北方二ファルサング（約十キロ）の森のなかに隠して戦塵《せんじん》を避けさせた。その旨《むね》、事後報告を受けたヒルメスは、だまってうなずいただけである。

白昼堂々と、ヒルメスはエクバターナに入城するつもりであった。そう、威風《いふう》堂々とである。彼は他人の都城を襲うのではなく、自分の都城に凱旋《がいせん》するのだ。馬上、胸を張って城門をくぐるべきであった。

とはいうものの、三万の軍でエクバターナの城壁を突き破ることはできぬ。ルシタニア軍が四十万の大兵力をもってしても、正面からエクバターナを陥すことはできなかったのである。兵数がすくなく、時間も惜しい。とすれば、方法はひとつだった。十か月前、ルシタニア軍がエクバターナを攻略するときに、ヒルメスは秘密の地下道を使って城内に侵入したのである。

今度はヒルメスは自分自身で潜入はせず、城外に待機した。大役をおおせつかったのはザンデである。彼は鎚矛《メイス》をたずさえ、とくに選んだ屈強の兵士五十人をしたがえて地下道に潜入した。ヒルメスが描いた略図を片手に、足首まで水につかりながら進んでいく。いくつか、灯火の下を通りすぎたところで、ルシタニア語の誰何《すいか》がひびいた。守備兵の一団が闇のむこうから姿をあらわす。

ザンデの巨大な鎚矛《メイス》がルシタニア兵の横顔を撃《う》ち砕《くだ》いた。鈍《にぶ》い音とともに血が飛散し、砕かれた歯がそれにまじった。その兵士が水面に転倒したとき、すでにふたりめが鼻柱を割られて血飛沫《ちしぶき》とともにのけぞっている。

ザンデはさらに鎚矛《メイス》をふるいつづけた。すさまじい音がしてルシタニア兵の冑《かぶと》がへこみ、盾《たて》が割れ、甲《よろい》が裂けた。骨がへし折られ、頭蓋《ずがい》が砕け、つぶされた肺から血が噴きあがった。この若い巨漢は、剣技においてはダリューンにおよばなかったが、鎚矛にかけては無双《むそう》であるかもしれなかった。

「そら、鏖殺《おうさつ》しろ」

部下にむかってザンデはどなり、手もとまで人血に濡れた鎚矛を風車のように回転させた。さらに数人がたたきのめされて、水面にはいつくばる。

「ひとりも生かして帰すな」とザンデがいったのは、べつに残忍さから出たことではない。ルシタニア軍全体に知らされたら、計画が失敗してしまうからである。

ザンデは完全に任務に成功した。

やがて王都の北の城門で騒ぎがおこった。重い巨大な扉が内側から開かれはじめたのだ。

おどろいて城門上から地上へとつづく階段を駆けおりてきた騎士は、馬を駆って城内に躍りこんできた人物とばったり出会って仰天した。

「ぎ、銀仮面……！」

ルシタニア騎士は悲鳴をあげた。彼の生涯で発した、それが最後の言葉だった。ヒルメスの長剣が宙にうなり、騎士は頸部《けいぶ》から鮮血を噴きあげて階段を転落していった。

殺戮《さつりく》がはじまった。エクバターナ城内のルシタニア兵一万人にとって、最悪の日がはじまったのだ。ヒルメスは長剣を振りかざし、振りおろし、一閃ごとにルシタニア人の血でパルスの城壁を塗装した。

完全に門はあけはなたれた。任務をすませたザンデは、あらためて鎚矛《メイス》をとりあげ、ヒルメスと並んで人血の風を巻きおこしはじめた。鎚矛の一撃を頸すじにくらって横転したルシタニア騎士のひとりは、おそるべき光景を見た。横だおしになった視界を埋めつくすように、数万のパルス軍が城外から殺到してくるのだった。

II

「まさかこのような形で王都の城門をくぐることになろうとはな」

サームは慨歎《がいたん》した。彼はかつてパルス全軍に十二人だけを算《かぞ》える万騎長《マルズバーン》のひとりであった。アトロパテネの戦いには参加せず、同僚のガルシャースフとともに王都の守りについていたのだ。あれから十か月、いまサームは王都を攻撃するがわに身をおいている。国の運命も、短い期間に変転するものであった。

形式として、サームはアンドラゴラス王を裏ぎり、ヒルメスに寝がえった身である。その境遇も心理も複雑なものであった。だが、相手がルシタニア軍であるかぎり、何ら遠慮も迷いもいらぬ。

部下の先頭に立って、サームは城内に突入した。かつてエクバターナを守備していたサームは、城内の地理に精通している。王宮をはじめとする主要な建物、さらに街路や広場を知りつくしていた。石畳《いしだたみ》に馬蹄をとどろかせて、サームは、王宮への最短距離を走りぬけていく。三万の兵がそれにつづき、この人馬の奔流《ほんりゅう》をさえぎろうとするルシタニア兵は、ことごとく殺された。馬上から斬って落とされ、馬蹄に踏みにじられる。人血は紅《あか》い雨となって石畳に降りそそいだ。

疾駆しながら、サームは叫んだ。部下たちにも叫ばせた。「パルス軍が帰ってきたぞ。エクバターナの市民よ、起《た》て。起ってルシタニア兵を殺せ。奴らの数はすくないぞ」と。

「おう、サームが来たか」

うなずいて、ヒルメスは血濡れた長剣を持ちなおした。

「銀仮面め、王弟殿下のお留守をねらうとは卑劣な！」

そう歯ぎしりするルシタニア騎士もいたが、敵の間隙《かんげき》を突くのは兵学の常道である。高々と笑って、ヒルメスは非難をはねかえした。

「おれが隙をうかがうことを知りながら、城外へ出たギスカールこそが愚《おろ》かというものよ。怨《うら》むなら彼奴《きやつ》の愚を怨め！」

「だ、だまれ、味方づらして隙をうかがっていたきさまの邪心が憎いのだ。王弟殿下にかわって成敗してくれるわ！」

ギスカールから王都の留守をあずかったディブラン男爵は、剣先に怒りをこめてヒルメスに斬ってかかった。斬撃の応酬は十合とつづかず、頸部に致命傷を受けたディブラン男爵の絶鳴で終わった。ディブラン男爵は自分がつくった血の池に、甲冑を鳴りひびかせて倒れこんだ。その残響が消えさらないうちに、異様な音が湧きおこった。しだいに音は大きくなって、パルスとルシタニアの騎士たちが立ちつくすうちに、王都全体をつつみこんだ。それは数十万の口から発せられるパルス語の叫びだった。

ついに市民たちが蜂起《ほうき》したのである。

ほぼ十か月にわたってルシタニア軍の圧政と暴虐に苦しめられてきたエクバターナ市民

が、怒りと憎悪を爆発させたのだった。

誰が組織したわけでもない。指導したわけでもない。十か月にわたって彼らは耐えてきたのだ。親を殺され、妻を犯され、子をさらわれ、家を焼かれ、生活の糧《かて》を奪われ、信じる神々の像をこわされた。強制労働に駆りたてられ、鞭打《むちう》たれた。さからえば手首を切り落とされ、耳を削《そ》ぎおとされ、目をつぶされ、舌をぬかれた。ルシタニア人は無慈悲な恐怖によってエクバターナを支配してきたのだ。だが、どんなことにも終わりがある。とうとうルシタニア軍の暴虐も終わるときがきたのだ。

「パルス軍が帰って来たぞ！　ルシタニア軍を倒せ！」

こうして数十万の口から同じ叫びがあがったのである。ある者は石をひろった。ある者は棒をつかんだ。ある者は牛馬用の革鞭を手にした。手あたりしだいに、武器となるものをつかんで、彼らは集団をつくり、ルシタニア兵に襲いかかった。

「殺せ！　奴らを殺してしまえ」

このような状況になっては、ルシタニア軍も必死であった。降伏したところで助命されるはずもなく、惨死《ざんし》が待つだけである。

ルシタニア兵は剣をふるってパルス人を斬り殺した。だが、ひとりの身体《からだ》に剣を突き刺す間に、五人が棒で殴りつける。石を投げる。目つぶしの砂や土を顔にたたきつける。街路を馬で駆けぬけようとするルシタニア騎士の頭上に、鉄の鍋《なべ》が落下して、頭部を強打された兵士がもんどりうって落馬した。あわてて助けようとしたべつの騎士は、馬の脚もとに籠《かご》を投げつけられた。馬が脚をもつれさせて転倒する。路面にたたきつけられた騎士は、剣を抜きながら叫んだ。

「神よ、御加護をたれたまえ！」

それはすでに、驕《おご》りたかぶった侵略者の豪語《ごうご》ではない。追いつめられた敗者の悲痛な呼びかけであった。自分たちは祖国に妻子を残し、万里の道をこえて苦闘に満ちた遠征をなしとげた。まことの神に背《そむ》く邪悪な異教徒を何百万人も殺し、神の栄光を大陸公路にかがやかせた。これほど忠実にイアルダボートの神につかえてきたというのに、なぜ神は信徒たちを見すてたまうのであろう。

彼の疑問は、彼が生きているうちに解かれることはなかった。剣を抜いてようやく起きあがろうとしたところへ、石が降りそそぎ、数本の重い棒が落ちかかってきたのである。騎士は乱打をあび、自分が誰に殺されるのかもわからずに死んでいった。騎士が血と砂にまみれ、完全に動かなくなるのを見とどけると、市民たちはつぎの獲物を求め、口々にわめきながら駆け去った。

市街の至るところでルシタニア兵は追いつめられ、斬り殺され、殴り殺された。息が絶えても、まだ殴られたり蹴られたりする者が算《かぞ》えきれぬほどいた。甲冑をはぎとられ、革《かわ》紐《ひも》で縛《しば》られて、馬や駱駝《らくだ》にひきずりまわされる者もいる。手足の骨をへし折られたあげく、口に砂や土をつめられる者もいた。

「ひいい、助けてくれ、助けて……！」

敗残の侵略者ほど惨《みじ》めなものはない。これまで蓄積してきた悪業《あくごう》のむくいを受けねばならぬ。それも三十万人分の悪業を、この場にいあわせた一万人ほどが引き受けねばならないのだ。

「おれにも殴らせろ」

「わたしにもやらせとくれ。息子も孫もこいつらに殺されたんだよ！」

「短剣を貸してくれ。おれの親父《おやじ》がやられたように、こいつの目玉をくりぬいてやる」

「おれにも妻の仇《かたき》をとらせてくれ」

「この野郎！　ルシタニア人の悪魔野郎！」

エクバターナの全市民が復讐者《ふくしゅうしゃ》と化し、敵国人の血に酔ってしまったようだった。制止しようとする者もいたが、「きさまはルシタニア人の手先か」と、同胞《どうほう》に詰めよられ、殴打《おうだ》の雨をあびてしまう。実際、エクバターナの市民のなかには、侵略者にこびへつらって、同胞を密告したり略奪を手伝ったりした者もいたのだ。そういう人間は、ルシタニア兵と同じ、あるいはそれ以上に惨めな姿で同胞たちに殺されていった。広場には、ルシタニア人の死体にまじって、パルス風の衣服を着た血まみれの人体が積みかさねられた。

それらの凄惨《せいさん》な流血を、ヒルメスは制止しようとしなかった。パルス人の怒りは当然であり、ルシタニア兵が復讐されるのもあたりまえのことだと思っていた。

「ルシタニアの女子供が殺されるわけでもないからな。殺されるのは武器を持った奴らだけだ。せいぜい自分の身を守るがいい」

城内のルシタニア兵がことごとく殺されてしまえば、エクバターナ市民も流血の酔いからさめる。そうなったときに正統の国王《シャーオ》として名乗りをあげるべき場所はどこか。流血の巷《ちまた》を歩きながらヒルメスは物色していた。「王宮前の露台《バルコニー》がよかろう」そう心に決めると、ヒルメスは肩ごしにザンデをかえりみた。だいじな用件がまだすんでいなかったのだ。

「城頭にカイ・ホスローの軍旗を樹《た》てよ」

命じるヒルメスの声が、歓喜にうわずる寸前にある。「はっ」と元気よく応じて、ザンデは馬の背から重い大きな布を巻いたものをとりあげた。一歩おくれて、その光景を、サームが見つめている。もの静かな目の色であった。

III

兵士も医師もとうに逃げ去ってしまった王宮の一室で、ルシタニア国王イノケンティス七世はひとり寝台に横たわっている。贅《ぜい》をつくしたパルス風の寝台で、南方の高価な香木《こうぼく》を刻んだものだ。だがルシタニア国王にとっては、ありがたいことでもなかった。熱は出るし汗はかくし、咽喉《のど》もかわいている。「誰か来てくれ」とうめく彼の耳に、病室の扉《とびら》が開いて閉じる音がした。白く霞《かすみ》のかかった視界に人影が映った。

「予はパルス第十八代国王《シャーオ》だ。ヒルメスという。おぬしと言葉をかわすのははじめてだが、気分はどうかな」

冷笑を含んだ銀仮面の声に、イノケンティス七世はまばたきした。かなり鈍感《どんかん》なルシタニア国王は、事情をのみこむのに時間を要したあげく、やや的はずれの質問をした。

「はて、パルスの国王はアンドラゴラスとやら申すのではなかったか」

パルスの国王《シャーオ》と称するような人物が、なぜこのようなところにいるのか。そう問われると思っていたヒルメスは気分を害した。

「彼奴《きやつ》は簒奪者《さんだつしゃ》だ！」

怒号《どごう》はパルス語で放たれた。イノケンティス七世は、たるんだ首の皮をわずかに慄《ふる》わせたが、それ以上は身動きしなかった。できなかったのだ。彼の身体《からだ》は包帯におおわれており、マルヤムの王女に刺された傷口は熱い痛みをうずかせていた。パルスの王宮は、洗練された建築技術によって、夏でも乾いた涼しさをたもっており、負傷をいやすにはよい環境である。だが、王弟ギスカールの息がかかった医師たちは、治療がおざなりであった。イノケンティス七世は半ば放置されて、死にゆくにまかせられた状態であった。彼は孤独で不幸であったが、自分ではその事実を正確には知らなかった。弟に幽閉されるずっと以前から、自分ひとりの夢の迷路にとじこもっていた人であったから。

とりとめのない対面の後、ヒルメスは病室の外に出た。

「ルシタニア国王の身はいかがなさいますか、ヒルメス殿下」

興奮をおさえる声で、ザンデが問いかけた。彼にとって、ルシタニア国王イノケンティス七世は祖国を侵略した憎むべき敵であった。いますぐにでも八つ裂きにしてやりたいと思っている。

ヒルメスはいささか機嫌が悪かった。ああもルシタニア国王の反応が鈍《にぶ》いのでは、復讐の快感も削《そ》がれるというものである。もっとおびえ、慄《ふる》えあがり、泣きわめいてほしいものであった。

「すぐには殺すな」

ヒルメスは答えたが、むろんそれは慈悲の心からではない。アンドラゴラス三世を虜《りょ》囚《しゅう》としたときも、彼はすぐには殺さなかったのだ。イノケンティス七世個人に対して、それほど深い憎悪があるわけではない。だが、ヒルメスが国王《シャーオ》として即位するとき、パルスを侵略した憎むべき敵国の王として、イノケンティス七世は処刑されるべきであった。おそらく、何万人ものエクバターナ市民が見物するなかで、生きながら火あぶりにされることになろう。これまで多数のパルス人が、ルシタニア軍の手でそうされたように。

正午となった。一万人のルシタニア兵は、百万人に近いエクバターナ市民の手にかかって、ほとんどが血まみれのぼろと化してしまっている。ようやく復讐心を満足させた市民のうち数万人が、王宮の前庭に集まった。彼らは兵士たちから告げられて理由もわからず集まったのだ。前庭にのぞむ大理石の巨大な露台《バルコニー》に姿をあらわした銀仮面の男は、数万の視線を受けて胸をそらした。

「エクバターナの市民たちよ、予の名はヒルメスという。汝《なんじ》らの国王《シャーオ》であったオスロエス五世の嫡子《ちゃくし》であり、パルス正統の後継者である！」

ヒルメスの声が朗々として群衆の頭上にひびきわたったとき、返ってきたのは無言だった。反感ゆえの無言ではない。あまりに意外なことを知らされたので、声が出なかったのである。やがて低いざわめきが波となって群衆の間にひろがっていった。

「ヒルメスさまだとよ。先の国王さまの御子じゃと。だがあの御方は、十何年か前の火事で焼け死になすったのではないか。それが生きておいでじゃと！　いったい、わしらの知らぬところで何があったのじゃろう」

ざわめきは、そのような内容のものであった。ごく若い人のなかには、「オスロエスって誰だ」と首をかしげる者もいたが。

ヒルメスは熱烈な弁舌をふるって、アンドラゴラス王の「悪事」をあばきたてた。そして、ついに自分の顔をおおう銀色の仮面に手をかけた。

「この顔を見よ！　簒奪者《さんだつしゃ》アンドラゴラスに焼かれたこの顔を。これこそ予がヒルメス王子であることの証《あかし》である！」

とめがねが音高くはずされた。銀色の仮面が夏の陽《ひ》をはね返し、それ自体が地上の光源であるかのように燦然《さんぜん》たるかがやきを発した。群衆は一瞬、まぶしさに目をおおい、目を細めて露台《バルコニー》上の人物を見なおした。投げ出された銀仮面が、ヒルメスの足もとで乾いた音をたてた。

ヒルメスは群衆の前に素顔をさらけだした。右半面が赤黒く焼けただれ、左半面のみ彫刻的な秀麗《しゅうれい》さをたもった顔を。

それをはっきりと見たのは、前方にいた一部の群衆にすぎなかったが、おどろきの声は先刻よりはるかに大きな波となって、広場全体にひろがったのであった。ヒルメスは、自らの忌《い》まわしい傷あとを公表した。国王としての正統性を主張するために、他人の目に傷あとをさらさざるをえなかったのである。逆にいえば、ヒルメスは、このとき自分の傷あとすら、人心を収攬《しゅうらん》するための武器として使用したのであった。

ひととおりざわめきが広がると、それはどよめきと化して大きく湧きあがった。「ヒルメス王子ばんざい！」という声がとどろくなかで、サームが心のうちにつぶやいた。

「あれはべつにヒルメス殿下を歓迎している叫びではない。ルシタニア軍に対する憎悪と反感が、裏がえしになっているだけのことだ。もしヒルメス殿下が失政をなされば、たちまち非難の叫びに一変するだろう」

オスロエス五世は、ヒルメスにとってはやさしいよい父親であり、不可侵の存在であるだろう。だが、厳しい見かたをするなら、国王としてそれほど名声や業績のあった人でもないし、とりたてて民衆に好かれていたわけでもなかった。ヒルメスがオスロエス五世の遺児だからといって、べつにありがたがる理由も、民衆にはないのである。

ヒルメスはルシタニア軍を討ち、王都エクバターナをパルス人の手に奪《と》りもどした。だからこそ市民は彼に拍手している。さらには期待している。ふたたびルシタニア軍の魔手にエクバターナを渡さぬこと。食物と水を市民に与えること。王都の繁栄を一日も早く回復することを。それが実現されなければ、ヒルメスに対する期待は、失望に変わってしまうだろう。

じつは早くも、一部の市民から不満の声があがりはじめていた。

「なぜだ。なぜ城門を閉ざすのだ。せっかく王都が解放されたというのに」

その声に対して、サームは説得しなくてはならない。いったん城外に出たルシタニア軍がいつ引き返して攻めよせてくるかわからぬゆえ、用心する必要がある。そういって、いちおうは納得させた。だが、ルシタニア軍でなくパルス軍が攻めよせてきたとき、どう説明すればよいのか。サームとしては、自分自身やヒルメスの前途について、気楽に考えることはできなかった。

「たしかにヒルメス殿下はエクバターナの主人《あるじ》となられた。だが、あるいはただ一日のことかもしれぬな」

そう思いつつ、サームは城内を一巡して守備をととのえた。王宮にもどってくると、ヒルメスが声をかけてきた。

「サームよ、いろいろ御苦労であったな」

「王都奪還の大業をなしとげられ、殿下にはおめでたく存じます」

「うむ、つぎは即位と、そして何よりもアンドラゴラスめを討ち滅ぼすことだ。おれの即位式のときには、おぬしの大将軍《エーラーン》就任をともに祝うとしよう」

ヒルメスはすでに銀仮面をぬぎすてている。白い麻の布を頭に巻いて肩へと垂らし、それで右半面をさりげなく隠していた。颯爽《さっそう》たる若い王者の姿である。これがこの人本来の姿であろう、とサームは思い、ゆがめられた運命の重さを思いやらずにいられなかった。

サームと十人ほどの兵士をともない、ヒルメスは王宮内の宝物庫に足を運んだ。

ヒルメスが宝物庫を訪れた理由はふたつある。ひとつは、ナルサスほど明確ではないにせよ、軍用金の必要性を知っていたからだ。いまエクバターナの市民から税を徴収《ちょうしゅう》すれば、たちまち反感を買うことになる。民衆から税をとりあげるのは国王《シャーオ》の特権だとしても、いまはまずい。宝物庫のなかから、金貨《デーナール》をかき集めるほうがよいと思われていた。

ふたつめの理由は、何といってもヒルメスの王者としての意識である。国王であるからには、王宮の宝物庫は彼のものである。どのような財宝があるか確認しておくのは当然のことであるはずだった。

ところが宝物庫に足を踏みいれて、ヒルメスは愕然《がくぜん》とした。天井も壁も床も巨大な切石で囲まれた宝物庫には、歴代の国王《シャーオ》がたくわえた宝石と黄金が象五十頭分も積みかさねられていたはずである。だが、彼の足もとには、わずかな銀の延棒《のべぼう》が幾本か転がっているだけであった。サームが事情を推測した。

「おそらく王弟ギスカール公は、これまで掠奪してきた財宝のすべてを、陣中に持ち去ったのでございましょう」

「それはわかる。だが何のためにそのようなことをするのだ」

ヒルメスは疑惑に駆られた。掠奪した財宝をすべて持ち去ったということは、ギスカールに、王都へ帰る意思がないという事実をしめしているのではないか。ギスカールは何をたくらんでいるのであろう。不審といえば、ヒルメスが西方で時を待っているのを知りながら、一万に満たぬ守備兵だけを残して王都を空《から》にした。空にしてくれたからこそ、ヒルメスはかなり容易に王都に入城できたのである。かなり容易に。思えば、それこそ怪《あや》しいかぎりではないか。

ヒルメスは胸中に黒雲が湧きおこるのを感じた。ギスカールは油断したのではなく、故意にエクバターナをヒルメスの手に押しつけたのではないか。ヒルメスがどうせエクバターナを永く支配できるはずがない、と、そう見ているのではないか。

たしかに、アンドラゴラスが十万ないしそれ以上の兵力をひきいて王都へ攻めよせたとき、ヒルメスは三万の兵で対抗せねばならぬ。堅固な城壁があり、また市民に武器を持たせて抗戦するとしても、糧食と水はどうするか……。

「即位式どころではない。だが、おれ自身が国王《シャーオ》になっておかねば、市民どももおれの味方にならぬかもしれぬ。どうすればよいか」

夏の陽《ひ》は白くかがやいていたが、ヒルメスは、頭上に陽が翳《かげ》ったことを知った。このときヒルメスの脳裏に、パルス国王アンドラゴラスとルシタニア王弟ギスカールのことはあったが、パルス王太子アルスラーンなどのことは、まったくなかったのである。

Ⅳ

ヒルメスに存在を無視されたアルスラーンは、八月八日には王都の東方二ファルサング(約十キロ)の距離にいた。

偵察からもどってきたエラムが告げた。

「エクバターナの城頭にかかげられていたルシタニアの軍旗が引きずりおろされました。この目で確認したことです。城壁上の兵士たちもパルスの軍装をしておりました」

エラムの報告に、アルスラーンの胸が騒いだ。事情は明白だった。ヒルメス王子に先をこされたのだ。

「かの銀仮面の君は、なかなかに腕が長《なご》うござるな」

嘆息《たんそく》したのはダリューンで、ギーヴは皮肉っぽく紺色《こんいろ》の瞳《ひとみ》をきらめかせて応じた。

「手を伸ばしてつかむまではできるだろうさ。いつまで持ちつづけていられるやら、それが問題だ。どうせすぐに手がしびれだすと思うがね」

軍師ナルサスは、信頼する侍童《レータク》であり弟子である少年に質問した。

「エラム、城門は開いていたか、閉ざされていたか」

「閉ざされていました。東西南北の城門をかたく閉ざし、一兵も入れぬというつもりに見えました」

エラムの観察は正確で精密であった。さらにいくつか質問をかさねた後、ナルサスはアルスラーンに向きなおった。

「銀仮面のつらいところでございます。エクバターナの市民はようやく侵略者の手から解放され、喜んでおりましょう。ところが……」

ところが、解放者であるはずのヒルメスは、べつにエクバターナ市民の幸福を願っているわけではなく、自分が手に入れた王都の支配権がだいじなのだ。

アルスラーンたちの頭上で陽がうつろい、影は東に長く伸びた。エラムにつづいて偵察者が帰ってきた。

今度はジャスワントであった。アンドラゴラス王のパルス軍と、ギスカールのルシタニア軍と、双方の動静を探っていたのである。ジャスワントはシンドゥラ人であり、パルス国内の地理には精通していない。だが、それだけに、中途半端な知識や思いこみにまどわされることなく、事実をそのままに観察することができる。そう判断して、ナルサスは、彼に重要な偵察をさせたのであった。

「パルス軍は戦場から西へ移動しましたが、日没を前にして野営の準備を始めました。いっぽうルシタニア軍は、隊列らしい隊列もなく、ひたすら西北へと進んでおります」

ジャスワントはそう報告した。ルシタニア軍の中核をなす一万騎ほどが、王旗の周囲をきびしく警護しつつ進んでいた。この一団はくずれを見せず、かなりの量の荷物も守っていたという。報告を聞きながらナルサスは地図に視線を走らせ、何やらしきりにうなずくのであった。

「エクバターナを陥《おと》すのは、いまでは容易なことでござる」

アルスラーンにむかって、ナルサスはそういう。これはべつに奇をてらってのことではない。

自分たちがエクバターナ市民の味方であるパルス軍であり、市民のために食糧と水を持ってきた。そう城外から呼びかければよいのだ。堅固な城門も、内から開く。それをとめようとすれば、パルス人の統治者であるはずの人物が、パルスの民を殺さねばならなくなる。その矛盾《むじゅん》は、緊迫した状況のなかで急速に拡大し、今度はその恐怖から逃れるために、やはり誰かが城門を内側から開くであろう。

エクバターナは城内から外へむかって崩壊する。それ以外に終わりようがない。そうと判断したとき、ナルサスは、自分たちの武力で王都を陥落させるという考えを放棄した。

「王都の攻防は、アンドラゴラス陛下とヒルメス殿下とにまかせておけばよい。吾々《われわれ》には、他にやるべきことがある」

仲間たちに対して、ナルサスは語る。ダリューンをはじめとする勇者たちは、王都を攻め落とすという当初の計画が中止されて残念そうであったが、「他にやるべきこと」に期待することにした。

ふと、アルスラーンが心づいたように部下たちを見まわした。

「父上と、従兄《いとこ》のヒルメスどのと、両者の間に私が立って和解させてさしあげることはできぬものだろうか」

「殿下のお志《こころざし》は貴《とうと》いものですが、今回はどうにもなりますまい。人の力ではどうにもならないことがございましょう」

ダリューンが言葉を選びながらいうと、べつの人間がそれに声をかさねた。

「人の力というより、現在の殿下のお力ではどうにもなりますまい。口をさしはさめば、かえって事態が悪化いたします」

遠慮のなさすぎることを断言したのはナルサスであった。

「おい、ナルサス……」

「いや、ダリューン、いいのだ。ナルサスのいうとおりだ」

アルスラーンは赤面していた。増長するものではない、と思った。彼はまだ少年であり、一族中の長老などという立場にあるわけでもない。話しあいを提案しても、せせら笑われるのがおちである。

仮にアルスラーンが五十万の大軍を擁《よう》し、その武力を背景として和解を勧《すす》めるのであれば、アンドラゴラス王もヒルメス王子も、いちおう説得に応じる形をとるであろう。だが、現実に彼の兵力は三万にみたない。兵力で相手を圧倒し、話しあいに応じさせるだけの実力もないのだ。

「殿下、ダリューン卿の申しあげたとおりです。人の努力や善意だけでは、どうしようもないことが世の中にはあるのです。せめて、可能なことからひとつずつなさいませ」

ミスラ神につかえる女神官《カーヒーナ》ファランギースが、そう助言した。軍師であると同時に、王者の師としての一面を持つナルサスが、ふたたび口を開いた。

「朝焼けと夕焼けとを同時に見ることはかないません」

ナルサスはそういう。何もかもすべてを、同時に手に入れることはできない。改革派の支持があれば、旧守派《きゅうしゅ》からは嫌われる。アルスラーンがパルスの玉座につけば、つけなかった者からは憎まれる。戦いに勝てば、敗れた者からは怨《うら》まれる。才能をふるえば、無能な小人《しょうじん》からは嫉妬される。誰からも嫌われたくない、何もかもやってのけたい、などと考えたら、結局、何ひとつできはしないのである。

「わかった。ひとつずつやっていこう」

声に出して、アルスラーンは自分に言い聞かせた。羽もはえそろわぬ雛鳥《ひなどり》が、いきなり天空へ舞いあがろうとしても、巣から落ちて死ぬだけのことであろう。

女神官《カーヒーナ》ファランギースが、緑色の瞳を王太子の横顔から地図にうつし、さらにナルサスにうつして問いかけた。

「さて、吾々はどうするのじゃ。手をこまねいて、王族どうしの抗争を傍観《ぼうかん》するのかな」

「いやいや、吾々にはちゃんと戦うべき敵がいる」

ナルサスはべつの地図をひろげた。アルスラーンをはじめ、軍の幹部たちが周囲からのぞきこむ。軍師の指が地図上を動きまわり、一同の視線がそれを追った。

「ギスカール公ひきいるルシタニア軍だ。王族どうしが不毛な流血をくりひろげている間に、吾々はルシタニア軍を討つ」

ナルサスは断言した。

ギスカール公の肚《はら》のうちは読めた。彼はパルス軍が分裂していることを知っている。エクバターナという甘美《かんび》な餌をパルス軍の眼前に投げ出せば、パルス軍の各派は目の色を変えて争奪するだろう。その間に、自軍の戦力のむだな部分を削《そ》ぎ落とし、精鋭のみを残して再起をはかろうとしているのだ。

ナルサスの説明を聞いて、ダリューンが、思いあたる表情をした。

「すると、ルシタニア軍の動きに解せない点があったのは、最初からギスカール公とやらには勝つつもりがなかったということか」

「最初から完全に計算ずくということはないと思う。おそらくギスカール公が決断したのは戦い半《なか》ばのことだ」

ナルサスは、つねに複数の事態を想定して、それぞれの場合にそなえている。今回も例外ではなかった。ギスカールという人物を、むろん直接に知っているわけではないが、事実の正確な観察に、節度ある想像力が結びつけば、充分に的《まと》を射た心理洞察ができるのであった。

ギスカールは、アンドラゴラス王との戦いにのぞんで、やや中途半端な心理状態にあった。兵力が圧倒的に多いのだから、勝算は大いにあったのだ。勝てればそれにこしたことはないわけで、戦いの半ばまでは自分自身の計画に決断を下すことができなかったにちがいない。

「それには、おれたちのやったことも、効果が多少あったんだろうな」

ギーヴのいうとおりだった。彼らがルシタニア軍の後方にまわって糧食に火を放ったため、ルシタニア軍は乱れ、ギスカールは決断を強《し》いられたのである。父王のため、アルスラーンは秘《ひそ》かな功をたてたのであった。

「最終的にエクバターナの主人の座を、アルスラーン殿下がお占《し》めになればよい。途中経過はこの際どうでもよいさ。エクバターナの市民には迷惑な話だがな」

ナルサスが言葉を切り、一同は行動に移った。アンドラゴラス王の軍が夜営する間に、こちらは軍を移動させてルシタニア軍を追尾しなくてはならない。方角はわかっているし、途中には落伍したルシタニア兵がいるであろうから追尾はむずかしくはなかった。

エラムに地図をかたづけさせて、ナルサスが馬に乗ると、美しい女神官《カーヒーナ》が声に笑いをこめて語りかけてきた。

「ナルサス卿も王太子殿下にお甘いな。口先とはえらいちがいじゃ」

「どういうことかな、ファランギースどの。おれはいつも殿下に対して厳《きび》しいつもりでいるが」

ダイラムの旧領主はうそぶこうとしたが、完全には成功しなかった。ファランギースは片手で軽く乗馬の頸《くび》をたたいた。

「アンドラゴラス王とヒルメス王子との直接の対立は、パルス王家の血の濁《にご》りをあらわしたもの。いずれが勝つにせよ、凄惨《せいさん》でまことに後味《あとあじ》の悪いものとなろう。そのような血と泥の濁流《だくりゅう》に、王太子殿下を巻きこみたくないと、軍師どのはお考えじゃ」

「………」

「まったく、口ほどにお人が悪ければ、そのような配慮もなさるまいにな」

「そこがナルサスのいいところだよ!」

突然、本人より熱心にナルサスの長所を持ちあげたのは、水色の布を頭部に巻いたゾット族の少女だった。黒絹の髪をゆらして、ファランギースはうなずいた。ナルサスが視線をさまよわせているのを見て笑みをひらめかせると、アルフリードに話しかける。

「アルフリード、例のルシタニアの騎士見習が、何やら落ちつかぬようすでな。おぬしと仲がよいことじゃし、ようすを見てきてくれぬか」

「べつに仲よくなんてないけど、わかった、ようすを見てくる。考えなしに行動されたら、みんなの迷惑だものね」

自分は考えなしじゃない、ということをさりげなく主張しておいて、アルフリードは馬を走らせていった。かわりに馬を近づけてきたのはギーヴである。

「うるわしのファランギースどの、軍師どのだけでなく、おれについても虚像に惑わされることなく真の姿を見てほしいものだ」

「見ておるとも」

「そうかな」

「ちゃんと見ておる。ほれ、甲《よろい》の端からギーヴならぬ悪鬼《ディーヴ》の黒い尻尾《しっぽ》が出ておるぞ」

「おや、苦労して隠しておいたはずだが……」

ギーヴはわざとらしく腕をかかげてその下方をのぞきこんだ。その前方をふたつの騎影がかすめすぎた。ギーヴの視界に映ったのは、ふたりの少女が馬を駆る姿であった。先行するのはルシタニア人のエステルで、アルフリードがそれを追っているのだった。

「わたしはエクバターナへ行く！　国王さまをお救い申しあげねばならぬ」

騎士見習の少女はそう叫び、ゾット族の少女はあきれたように叫びかえした。

「冗談じゃない。いま行ってごらん。殺されてしまうよ。あんた、ひとりで何万人も相手にする気かい」

「わたしの生命など惜しくない」

「このわからず屋！」

　アルフリードは叫びにつづいて、自分の馬をエステルの馬に勢いよく体あたりさせた。馬術においては、彼女に一日の長があった。二頭の馬がもつれあって倒れ、ふたりの少女も地に投げ出される。おどろいて馬をおりかけたアルスラーンやエラムを、ナルサスが制した。

「ルシタニアの国王なんてどうでもいいけどさ、あんたはどこかの城からつれて来た病人やら赤ん坊やらを守ってやらなきゃならないんだろ。自分の生命が惜しくないなんて無責任じゃないか。もっと前後を考えなよ！　勇気とやる気さえありゃいいってものじゃないだろ」

　アルフリードはついにエステルを説得したが、それは、とっくみあって地上を転がりまわった末のことだった。エステルを起たせ、自分自身より先にエステルの身体《からだ》や髪についた砂や埃《ほこり》を払ってやるアルフリードの姿を見やって、ダリューンがナルサスに笑いかけた。

「アルフリードはいい子だな、軍師どの」

「悪い子だと思ったことは一度もないぞ、おれは」

「だが、冗談はともかく、どう思う。ルシタニア軍の傷病者たちは助かっているだろうか。あの騎士見習には気の毒だが、おれにはそうは思えぬ」

「うむ、じつはおれにもな」

パルス最大の雄将と最高の智将とは、にがい表情を見あわせた。ヒルメス王子がエクバターナを占拠したとき、城内のルシタニア人たちにことさら寛大《かんだい》な処置をとるとは考えられなかったのである。

V

八月八日の夜は、重い緊張をはらんで過ぎていった。あらたな流血が展開される可能性はきわめて大きかったが、未発のままに刻《とき》は移ろって、東の地平に薔薇《ばら》色《いろ》の朝がせりあがった。八月九日が明けたのだ。

昨日のような血の色はなく、陽《ひ》が高くなるまでの時間は、爽涼《そうりょう》たる心地《ここち》よさが約束される。世が平穏であれば、このような夏の暁《あかつき》にパルスの王族や貴族は弓矢と剣をたずさえて猟園《りょうえん》におもむき、朝食までの一刻を、こころよい汗のうちにすごすものだ。朝食の皿に、その朝の獲物が載ることもある。鹿にせよ猪にせよ、それを斃《たお》した者が短剣で肉を切りわけ、列席者は彼の手練《しゅれん》をほめたたえるのだ。まだ小さな手で鹿肉を切りわけるヒルメスに廷臣たちが賞賛の声を送ってくる。

「……ヒルメス殿下のご手練、まことにおみごと。成人なさったあかつきには、パルス王国随一の剣と弓の達人におなりでしょう。お楽しみですな、陛下！」

「ああ、予はよい後継者を持った。この子は十五年後にはパルス随一の勇者となろう」

ヒルメスの頭をなでるオスロエス五世の視線が意味ありげに動くと、そこには王弟アンドラゴラスの姿があった……。

ヒルメスはめざめた。昨夜半、王宮の玉座にすわったまま寝入ってしまったのだ。めざめると苛酷な現実が彼を待っていた。ヒルメスはあわただしく洗面と朝食をすませると、サームを呼んで相談した。

五つの城門をかため、地下道に兵を配置し王宮を守る。それだけでヒルメスの兵力三万は、ほぼ尽きてしまった。城を守る兵力は、攻める兵力の三分の一以下ですむというのが、いちおう兵学の常識である。その計算でいけば、九万以上の敵軍にも対抗できるはずであった。

だが、アンドラゴラス王が攻城軍の先頭に立ち、開門を呼びかければ、市民がどう反応するかわからない。百万近い市民のすべてがヒルメスに忠誠を誓っているわけではなかった。正統意識が強すぎるヒルメスにとっては不快なことだが、それが事実である。

さらにヒルメスがサームと相談をかさねていると、おもだった騎士のひとりがあらわれて、奇妙《きみょう》な客人の来訪をつげた。

「フスラブという男が面会を求めておりますが、いかがいたしましょうか」

「フスラブ？　知らんな、どんな男だ」

「それが、アンドラゴラス王の宰相《さいしょう》であったと申しておりますが……」

「宰相だと？」

ヒルメスはおどろいたが、国王《シャーオ》アンドラゴラス三世の治世が安定していた当時、宰相がいたのは当然であった。

「会うだけは会ってみよう、つれてまいれ」

ヒルメスはそう命じた。サームはかるく眉《まゆ》をひそめて考えこむようすだったが、口に出してはなにもいわなかった。すぐにヒルメスは客人に対面した。汚れてはいるが絹地の服をまとった中年の男であった。

「お前がアンドラゴラスめの宰相だった男か」

「は、はい、さようでございまする。ヒルメス殿下がご幼少のみぎり、宮中で幾度もお会いいたしました。殿下はご幼少のみぎりより、衆《しゅう》にすぐれた御方でいらっしゃいましたな」

そのような記憶はヒルメスにはなかったし、卑屈《ひくつ》な世辞《せじ》を聞かされるのも不快であった。

ヒルメスは、あざけるように口もとをゆがめてみせた。

「おれはアンドラゴラスの名を耳にしただけで、憎悪のあまり血がたぎる。奴《やつ》の権力をささえてきた者どもに対して、とうてい好意的にはなれぬ」

「は、はい、殿下のお怒りはまことにごもっともで」

「ほう、もっともだと思うか。では、おれがこの場でおぬしを断罪しても、怨《うら》みには思うまいな」

ヒルメスは脅《おど》しにかかったが、胃弱だとかで貧民のように痩《や》せこけた宰相は、慄《ふる》えあがるようなことはなかった。

「いえ、あえて申しあげますが、ゆめご短気をおこされますな。私めがこうやって殿下の御前《ごぜん》に伺候《しこう》いたしましたのは、殿下のお役に立ちたいからでございます」

「おためごかしを」

ヒルメスは玉座で脚《あし》を組みかえながら冷笑した。

「あえて、というなら、アンドラゴラスめの犬であったきさまをあえて助命せねばならぬだけの価値が、どこにある。申してみよ。おれの意思を変えることができると思うならな」

「私めには知識がございます」

「ふん」

「過ぐる年、殿下の父王たる御方の身に何ごとが生じたか、私めはよく存じあげております。なかなかに、世間の噂《うわさ》など、私めの知るところにおよぶものではございませぬ」

わざとらしくフスラブが口を閉ざしたとき、ヒルメスの表情は完全に変わっていた。無意識のうちに、彼は脚を組むのをやめ、玉座から半ば身を乗り出していた。

「父上の身に何ごとが生じたか知っておると」

「御意《ぎょい》」

せきこむようなヒルメスの問いに対し、宰相フスラブの答えは簡潔をきわめた。その簡潔さがヒルメスの関心をひくことを、狡猾《こうかつ》に計算していた。それを察しながら、ヒルメスは呪縛にかかった。殺すにしても、フスラブの口から聞き出すべきことを聞き出してからのことだ、と思った。

「よし、聞いてやる、話してみろ」

ヒルメスの言葉に、フスラブは満足そうな表情をつくった。にわかに表情が変わる。奇声を発して、宰相は跳びのいた。おどろくべき迅速《じんそく》さ、軽捷《けいしょう》さであった。髪一本にも満たぬ差で彼は生命《いのち》をひろった。サームが剣を抜き、宰相に斬りつけたのである。ヒルメスがおどろき、声をあげてとがめた。

「何をする、サーム！」

「殿下、こやつは宰相フスラブ卿などではございませぬ」

「何……？」

ヒルメスの視線を受けて、宰相フスラブはおどろいた。否、おどろくふりをよそおって、万騎長《マルズバーン》に呼びかけた。

「これはしたり、サーム将軍、おぬしとは旧知の仲であるのに、なぜこのような仕打ちをなさるのじゃ」

サームは剣を持ちかえ、ひややかに答えた。

「たしかに宰相フスラブ卿とは旧知だが、おぬしなどこれまで会《お》うたこともない」

隙のない足どりで宰相に接近する。

「おれが憶《おぼ》えているのはただひとつ。まことのフスラブ卿であれば、おれの斬撃をかわすことなど不可能だということだ。かの御仁は、とんと武芸の心得がおありではなかった」

「………」

「きさま、何奴だ⁉」

怒号《どごう》したのはヒルメスで、斬撃をあびせかけたのはサームであった。フスラブはかろうじてそれをかわしたが、鋭い剣尖《けんさき》は着衣の一部を斬り裂いた。と、怪鳥《けちょう》の羽ばたくような音がして、宰相の上衣全体が宙にはためき、床に舞いおちた。暗灰色の衣が、ヒルメスとサームの視界をかすめ、広い謁見室《えっけんしつ》の扉口《とぐち》に人の姿が立った。必殺の斬撃をかわし、宙を飛ぶ間に、皮膚を一枚はがしてしまったようだった。一変した人相、青黒い顔のなかで、笑う形に口が開いてとがりぎみの歯が見えた。

「せっかくパルス宮廷の秘事《ひじ》を教えてやろうと思うたのに、とんだ忠義づらの邪魔がはいったものよ。グンディー、愚《おろ》か者よ、と、尊師のお叱《しか》りをこうむってしまうわ」

「きさま、あの魔道士の弟子か⁉」

ヒルメスが玉座から離れ、腰の剣に手をかけた。左眼に殺意がひらめく。

「尊師はおぬしにとって恩人のはず。それを呼びすてるとは不敬にもほどがあるが、まあよい。尊師はかたじけなくも、おぬしに秘事を教えてやれとおおせじゃ」

「何を知っているというのだ。きさま⁉」

「知りたいか、ふふふ、知りたいか。カイ・ホスローの正嫡《せいちゃく》を自称する御仁は好奇心が強いの」

悦《えつ》に入《い》った笑声がヒルメスの耳をくぐりぬけて心臓にとどいた。翻弄《ほんろう》されていることを充分にさとって、ヒルメスは長剣を抜きはなった。フスラブに化けた魔道士は、緊張したにせよ、表面にはあらわさなかった。

「そういきりたつな。人の世には、知らぬが幸福ということもあるて」

「真物《ほんもの》のフスラブはどうした⁉」

「王都陥落の直後に、のたれ死んだわ。国の大事に、平民に変装して王宮を逃れようとしたが、ルシタニア軍の馬蹄に踏みつぶされて肉泥《にくでい》となりおった。べつに惜しむにたりまいて」

床が鳴った。サームが躍りかかり、剣を振りおろしたのだ。魔道士は嘲弄《ちょうろう》の表情を凍りつかせ、ふたたびかろうじて死を回避した。だが汚《けが》れた道術を使う間もなく壁ぎわに追いこまれた。

「やめろ、サーム!」

ヒルメスがどなり、サームの剣は魔道士の頸部《けいぶ》の寸前で停止した。

「ヒルメス殿下、このような魔性の者に耳をかたむけるのはおやめください。この者がたくらみおることは、殿下の御心をまどわす、ただそれのみでござる」

サームの声は烈《はげ》しい。

「おうおう、またしても忠義づらしおるわ」

魔道士はようやく呼吸をととのえ、奇怪な笑声をくぐもらせると、いまひとりの剣士に向きなおった。

「ヒルメス王子よ! こやつの忠義づらにだまされぬがよいぞ。こやつは、サームは、アンドラゴラスめに叙任《じょにん》されて万騎長《マルズバーン》の栄職につきながら、いまではおぬしにつかえて信任されておる。変節者じゃ。つぎはおぬしを捨ててアンドラゴラスめのもとに帰参《きさん》するかもしれぬぞ。信じてよいのかな」

それは薄よごれた讒言《ざんげん》であり、他者の心を腐敗させる毒に満ちていた。人と人との信頼を酸のように侵す毒言であった。

ヒルメスは心理的な弱点を突かれた。これまでサームを高く評価し、彼の忠誠心や節義や将才に信頼を寄せてきたヒルメスであったのに、得体の知れぬ魔道士の毒言に動揺してしまったのである。それは、自分や亡父《ぼうふ》やアンドラゴラスに関することをもっと知りたいという欲求の強さが裏返しになったものであったろうか。

「サーム、室外《そと》へ出ておれ。この者とふたりだけで話がしたい」

「殿下!」

「おれの命じたとおりにすると、何かまずいことでもあるのか、サーム」

ヒルメスはいらだっており、言葉を選ぶことができなかった。もともと、この十七年間、自分の不幸と不遇を、この世で最大のものと思いこんできたのである。サームの内心を思いやる余裕がなかった。

サームは剣を鞘《さや》におさめ、黙然《もくねん》と一礼して退出した。石畳の回廊《かいろう》を歩みながら、うなだれもせず、歎息《たんそく》もせぬ。サームは自分の不幸や不遇にひたるような男ではなかった。十歩ほど足を運んだとき、回廊の角からザンデが姿をあらわした。

「おう、サーム卿、ヒルメス殿下はいずこにおわす。いよいよアンドラゴラスめの軍が、これに寄せて来るぞ」

「そうか、来るか」

サームは落ちついてうなずき、ザンデに対してヒルメスの居場所を指ししめした。

VI

一夜の休息の後、アンドラゴラス王ひきいるパルス軍九万余は、王都エクバターナの東方に迫った。朝の光を受けて、王都の城壁はあわい紫色に霞《かす》んでいる。「大陸のかぐわしき花」と四行詩《ルバイヤート》に謳《うた》われる都城の美しさだが、城壁に近づけば血の匂いが鼻孔《びこう》を刺すであろう。

「城門は四方とも固く閉ざされております。そして城頭には旗が高くかかげられ、それはどうやら英雄王カイ・ホスローの名を記した旗と見えまする」

偵察の報告を聞いて興味をおぼえた万騎長《マルズバーン》キシュワードは、愛馬を駆って城壁に近づいた。片目のクバードが同行した。ふたりとも大胆であったが、城内の軍隊が突出してくるはずがない、という確信がある。城頭にひるがえる三角旗を、一アマージ（約二百五十メートル）の距離から彼らはながめやった。

「ヒルメス王子の軍か」

「であろうな」

カイ・ホスローの軍旗を城頭にかかげつつ、国王《シャーオ》の軍に対して城門を閉ざす。王太子アルスラーンの軍ではありえない。アルスラーンの性格にも反するし、軍師ナルサスの策とも思われぬ。とすると、王太子の軍は国王《シャーオ》の軍に先行し、いまいずこにいるのであろうか。

「やれやれ、どうやら万騎長《マルズバーン》どうしで剣をまじえねばならんと見える」

「どういう意味だ、クバード卿」

「ヒルメス王子の軍には、サームがいる」

「サーム卿が!?」

キシュワードは声をのみ、クバードはおもしろくもなさそうな表情で、くわえた草の葉をかみ裂いた。城壁上に黒く小さく人影がうごめいている。二騎だけで城に接近する者を、先方は怪《あや》しんでいるのであろう。

「さまざまな事情があるにせよ、国王《シャーオ》から見ればサームは裏ぎり者だ。かならず、殺せとおっしゃるだろうな」

「サーム卿は死なせるには惜しい男だ」

「同感だな」

クバードは草を吹きとばし、朝の光に片目を細くした。

「だが、サーム本人がどうも死にたがっているのではないか、と、おれは思っている。アトロパテネが陥《お》ちて以来、あの男は、生きのびようなどと一日でも思ったことはないのではないかな」

キシュワードが返答できずにいると、クバードは、たくましいあごをひとつなでてうそぶいた。

「おれは戦いが好きだが、陰気な戦いは好かん。今回は昼寝してすごすから、おぬしに城攻めはまかせた」

クバードが馬首をめぐらしたので、キシュワードもそれに倣《なら》いながら抗議した。

「サーム卿と刃《やいば》をまじえるなど、私も遠慮したい。そもそもクバード卿は、何やら面倒なことがあると、いつも年少である私に押しつける。いささか虫がよいではないか」

「それはおぬしに敬意を表してのことだ。だいたい、おれに苦労や努力が似あうと思うか」

「似あう似あわぬの問題ではあるまい」

「いや、やはり人は、おのおの分に応じて生きるべきさ。苦労はおぬしに譲《ゆず》る」

このとき城壁上からぱらぱらと矢が降りそそいできたが、ふたりの勇将の影にさえ触れることはできなかった。

クバードとキシュワードが陣にもどってきたころ、彼らの主君でありパルス全軍を親率《しんそつ》する人物は、本陣の天幕のなかに甲冑をまとった姿で坐《ざ》していた。

「王都を奪還する。ルシタニア軍からも叛逆者《はんぎゃくしゃ》からもな」

アンドラゴラス王の声が天幕のなかに流れる。ひとりごとをいっているのではなかった。朝の陽《ひ》をさえぎって、天幕の内部は薄ぐらい。そのなかに、いまひとりの人物がいた。武装もしておらず、涼しげな薄絹の服に身をつつみ、ヴェールをかぶっていた。やわらかげな肢体《したい》は、だが、国王《シャーオ》の声をはじき返して、硬質《こうしつ》の沈黙をたゆたわせている。

「タハミーネよ」

呼びかけて、アンドラゴラス王もそれきり沈黙に落ちた。言葉の無力さを実感したゆえかどうかはわからぬ。その沈黙を破ったのは天幕外からおそるおそる呼びかけられた従者の声で、将軍たちがご指示を求めている、という内容のものであった。それには応《こた》えず、国王は妃《きさき》に呼びかけた。

「すべては王都に入城してからだ。タハミーネよ、このことに関わったすべての人間が傷口に塩水をあびせられる刻《とき》が近づいておる。道化役のルシタニア軍が退場しても、なかなかに喜劇の幕はおりぬわ」

「妾《わたくし》にとっては喜劇ではございません」

冬の砂漠さながらに乾いた冷たさで、王妃タハミーネは夫たる国王《シャーオ》の言葉を否定した。ヴェールにつつまれて、その表情は不分明であった。アンドラゴラスは鉄甲によろわれた分厚い肩をゆすった。

「そうか、そなたも笑うしかないと思っておったがな。バダフシャーン公国の滅亡とともに、そなたの涙の泉も涸《か》れたというたではないか。泣けねば笑うしかあるまいに」

高々と甲冑を鳴らして立ちあがると、アンドラゴラスは大股《おおまた》に天幕を出ていった。一瞬天幕のなかに夏の陽が差しこんで、地上に白くかがやく長方形が浮きあがった。それが消えると、天幕のなかはもとどおりの薄暗さにもどった。

天幕の外に出たアンドラゴラス王は、キシュワード、クバード、トゥース、イスファーンらの有力な将軍たちを集め、エクバターナ城内にたてこもる叛逆者たちをことごとく討ち滅ぼすよう、あらためて命じた。

こうして、パルス暦三二一年八月九日は、多くの人々にとって、これまでもっとも長い日となったのである。

第三章　アトロパテネ再戦

Ⅰ

灼《や》けつく熱気が無数の波となって大地をたたき、草木は死に絶えてしまったように見える。正確には、それらは眠っているのであり、無慈悲な夏の陽が活動を終えた後、やさしい夜の手に守られて生気をとりもどすのだ。

このような酷暑《こくしょ》の季節には、旅人たちも昼間の行動をさける。昼は旅宿で寝《やす》み、夜に旅をするのだ。盗賊どもに襲われぬよう、いくつかの隊商が集まり、千人もの大集団となって、涼しい夜を旅する。平和な時代の、それが知恵であった。だが、人の世が乱れると、たちのぼる熱気のなかを騎行《きこう》する、ものずきな二人組もあらわれる。

パルス人ザラーヴァント卿とトゥラーン人ジムサ卿であった。現在、地上において、パルス人とトゥラーン人とがいっしょに行動しているのは、このふたりだけである。彼らはアンドラゴラス王のもとを離れ、予定としてはとうに王太子アルスラーンの軍に合流しているはずであった。だが事実としては、いまだに王太子に出会うことができず、むなしく旅をつづけている。

彼らが地理に精通し、どこか一か所にとどまって、しんぼうづよく王太子の軍を待っていたら、目的を果たすことができただろう。ところがふたりとも気が短いほうで、じっと一か所で待っていることができない。あちこちと移動してまわり、結果としてことごとくすれちがいになってしまったのである。

ジムサはトゥラーン人であるから、パルスの地理には当然くわしくない。ザラーヴァントはパルス人であるが、東部地方の生まれで、王都エクバターナあたりから西のことはほとんど知らない。街道を行く旅人も、平和な世にくらべて減っており、道を問うのもたいへんである。そして、ルシタニア軍や、アンドラゴラス王のパルス軍が近づけば、あわてて身を隠さなければならない。こういったさまざまな条件がかさなって、彼らは、長々と旅をするはめになった。ザラーヴァントが歎《なげ》いた。

「ああ、つまらん旅だ。うるわしい乙女《おとめ》と同行するならともかく、なんでおぬしのようなむさくるしい男と、こんな不毛な土地を旅せねばならんのか」

「それはこちらのいいたいことだ。この旅、どうにも運にめぐまれておらぬのは、おぬしに悪運がとりついているからではないのか」

「何をいうか。おれに悪運がとりついているとしたら、それはおれの目の前にいる奴だ。

他人《ひと》のせいにするな」

馬を歩ませながら、非友好的な会話をかわすふたりであった。普通なら、いきりたって剣を抜きあわせるところだが、これまで失望をかさねてきたので、ふたりともいささか元気をなくしている。彼らは勇者の名に値する戦士で、敵と刃をまじえることを恐れはしない。だが、こんな場所で同行者を失ってひとりぼっちになるのは妙に心ぼそいことであった。したがって、悪口をたたきあいながらも、彼らはつれだって、旅をつづけなくてはならなかった。

それにも限度がある。やる気は一日ごとに奮いおこすとしても、旅費が残りすくない。ジムサはパルスの通貨など持っていないので、ザラーヴァントがふたりぶんの旅費を出さねばならなかった。もしジムサがザラーヴァントより大食漢であったら、たぶんもめごとの種になったであろう。

彼らが奇妙な光景に出会ったのは、八月九日、陽が西にかたむいたころである。とぼとぼと西北へ歩いていく、よごれきった男たちの群をふたりは見た。それも何千人という数である。地に倒れたりすわりこんだりして脱落する者もいたし、すでに死者となった者もいた。地に棄てられた甲冑《かっちゅう》や軍旗などから、彼らがルシタニア人であることがわかった。

そうなると、若いながら戦場経験の豊かなふたりである。

「さてはパルス軍とルシタニア軍との間に大きな戦いがあり、ルシタニア軍が敗れたな」

そう見ぬいた。見ぬいて、ことにくやしがったのはザラーヴァントである。

「ちっ、手もとに千騎もいれば、夜襲をかけてルシタニア軍をかきまわしてくれようものを。いくら何でも、二騎だけでは手も足も出ぬわ」

するとジムサが軽く手を振った。

「いや、そう悲観したものでもない。ルシタニア軍のようすをよく観察していれば、後日になって役にたつこともあろうさ」

「なるほど、ああも秩序のない状態では、おれたちに気づくこともなかろうな」

パルスとトゥラーンと、二か国の若い騎士は、疲れたようすの馬をなだめながら、ルシタニア軍に近づいていった。何か功績をたてて王太子に再会できれば、けっこうなことだ。

ルシタニア軍の半分は武器も馬も甲冑もなく、流亡《るぼう》の群と化していた。疲れ、飢え、かわき、苛烈な太陽の下にへたりこんで動けなくなるありさまだ。飢えをいやすために、倒れた馬の肉を爪で引き裂《さ》いて生《なま》のままむさぼり食い、その生肉を奪いあって戦友どうしで殴りあうのだった。

だがルシタニア軍のもう半分は、どうにかまだ軍隊としての形をたもっている。総帥ギスカール公爵は健在であったし、実戦の責任者モンフェラート将軍も無事だった。彼らが、アトロパテネに到着して陣をかまえたのは、前日のことであった。

ギスカールは、この地に布陣し、軍を再編するつもりだった。その間に、パルス軍どうしが戦って共倒《ともだお》れになれば、めでたしめでたしというものである。むろん、なかなかそううまくいくはずもないが、軍を再編することは必要であったし、そのために時間もほしかった。

「この地はアトロパテネだ。昨年の秋、われらルシタニア軍はこの地において異教徒の大軍を撃滅し、神の栄光を地上にかがやかせた。まことに記憶されるべき土地だ。ここを根拠地として、一時の勝利に驕《おご》る異教徒どもに神の鉄鎚《てっつい》をたたきつけてやろうぞ」

じつはルシタニア軍は、アトロパテネで勝ち、王都エクバターナの占領を果たして以来、負けっぱなしなのである。モンフェラート将軍にいわせると、

「一度の勝利でえた成果を、あいつぐ敗北で喰いつぶしている」

ということになる。それは逆にいえば、アトロパテネの戦いが、どれほど巨大なものをルシタニア軍にもたらしたか、ということであった。おかげで、その後何度敗れても、ルシタニア軍にはまだ後《あと》があったのである。

だが、それも今度でおしまいだ。

ギスカールとしては、この地からしりぞくわけにはいかなかった。ここを失えば、パル

スの境から追い落とされ、西北方のマルヤム王国にでも逃げこむしかない。マルヤムは先年来ルシタニア人の支配下にある。ただ、その指導者は、総大司教ボダンであった。ギスカールにとっては、絶対に赦《ゆる》すことができぬ政敵である。敗北したギスカールがマルヤムに逃げこんだりしたら、「神と聖職者にさからった罰だ」と手を拍《う》って喜び、とらえてどこかの城塞《じょうさい》か僧院にでも幽閉してしまうであろう。いや、何か罪をでっちあげて殺してしまうかもしれぬ。

そうはいくものか、と、ギスカールは思う。このアトロパテネで時をかせぎ、パルス軍の内紛《ないふん》と自滅を待って最後の反撃に出るのだ。

反撃に不必要なものは切りすてる。弱兵はいらぬ。だいたい余分な糧食も、もはやない。灼《や》けただれるような暑さのなかで倒れていく脱落者たちを、ギスカールは見すてた。生きてアトロパテネの本営にたどりつく者だけを迎えいれ、水と食物と武器を与える。文字どおり生死を分かつやりかたで、ギスカールはほぼ十万の兵を集めなおした。彼の考えでは、これでもまだ多い。五万までしぼりこんで、真の精鋭ぞろいにしたかった。

本陣でギスカールがすっかり温《ぬる》くなった葡萄酒《ナビード》をまずそうにすすっていると、天幕の外であわただしい人声と物音がした。どうやら刃鳴《はな》りらしいひびきも生じたので、もしや謀《む》反《ほん》であろうか、と、ギスカールは緊張したが、宿営の騎士の報告でそれは否定された。

これは、偵察をつづけるうちにうっかり深入りしたザラーヴァントが、ルシタニア兵に発見されたのであった。あわてて逃げ出しながら、ジムサが馬上で舌打ちする。

「まずいではないか、パルス人」

「いや、見つかるつもりはなかったのだ」

「あたりまえだ。誰が見つかるつもりで見つかることを望んで見つかるか！」

ジムサはどなったが、異国人なので、興奮するとパルス語がややおかしくなる。めんどうになって、彼はトゥラーン語で叫んだ。

「このまぬけ！」

ルシタニア騎士のなかに、たまたまトゥラーン語を解する者がいて、おどろき、かつ不安に思ってモンフェラートに報告した。

「トゥラーン軍が攻めよせてきたのかもしれませぬ。ご用心あれ」

モンフェラートは叱咤《しった》した。

「このような西のほうまで、トゥラーン軍が進出しているはずはない。でたらめだ。惑わされずに追え！」

モンフェラートの判断は正しかった。アトロパテネの野に、トゥラーン軍はいなかった。いたのはパルス軍であった。アルスラーンのひきいる二万五千は、このとき、ルシタニア軍の本営から四ファルサング（約二十キロ）の距離にまで迫っていたのである。

II

逃げながら、ザラーヴァントとジムサは、あわせて八人ほどの敵を斬って落とした。得意の武器である毒の吹矢《ふきや》を、ジムサは使わなかった。こんなところで、貴重な武器を使うわけにいかぬ。襲いかかる白刃をはじきかえし、長旅に疲れた馬をはげまして疾走する。そのうちに前方に砂塵《さじん》が舞いあがり、黄褐色《おうかっしょく》の落日めがけて殺到する騎馬の影を見た。一瞬、ジムサもザラーヴァントも胆《きも》をひやしたが、迫《せま》ってくる騎影の先頭に立つ一騎が、ひときわ黒々とした影を近よせて、不審そうな声をかけてきた。

「ザラーヴァント卿ではないか」

「やっ、ダリューン卿、めずらしいところでお目にかかる。王太子殿下はご壮健《そうけん》でござろうか」

久闊《きゅうかつ》を叙《じょ》するより先に、やるべきことがあった。ダリューンは左右の兵をさしまねき、袋の口を閉ざすような形に隊形をしぼりこんで、ルシタニア軍をしめつけた。ごく短いが激烈な小戦闘の末に、ルシタニア軍は四十人、パルス軍は六人を失って、それぞれ兵を返すことになった。

撃ちへらされて帰ってきたルシタニア軍の報告は、総帥たる王弟殿下をおどろかせた。

「そうか、王太子アルスラーンの軍がいたか……！」

ギスカール公はうめいた。アルスラーンの存在を、彼はすっかり失念していたのだ。うかつといえばうかつである。だが人間の思考力にも限界がある。アンドラゴラス王とヒルメス王子のことだけで、さすが精力的なギスカールも頭がいっぱいになっていたのであった。どうやらアルスラーンの軍が迫っていることはわかったが、それが独立した動きであるのか国王と連動したものかまではわからぬ。

このとき、アルスラーンのパルス軍は二万五千。ギスカールのルシタニア軍はほぼ十万であった。まともに戦えばルシタニア軍が負けるはずはない。ただ、ルシタニア軍はパルス軍の総兵力を知らない。さらにこのところ負けぐせがついてしまったようで、戦闘中にすこしでも不利な状況になると、浮足だって逃げくずれるかもしれぬ。そのあたりが何とも不安であった。

「とにかく、これまでよけいな配慮や計算を働かせすぎた。ここはひとつ、眼前のパルス軍をたたきつぶすことだけ考えよう」

決心をかためると、ギスカールはモンフェラート将軍ほかの有力な騎士たちを呼び、さまざまに指示を与えた。まず二万の兵を割《さ》いて、後方の糧食や財宝を守らせる。財宝はパルスの王宮から持ち出した莫大《ばくだい》なもので、ギスカールとしては絶対に他人には渡せないのである。そして残り八万の兵を慎重に配置し、柵《さく》をつくらせ、陣地をかためて、パルス軍を待ち受けたのであった。

いっぽうパルス軍である。

アルスラーンはともかく、作戦面の最高責任者であるナルサスの思惑は、ギスカールよりいささか欲ばりであった。

この戦いの意義は、ふたつある。ひとつは純粋に、ルシタニア軍を撃破して、パルスにとって最大最悪の外敵をたたきつぶすこと。そしてもうひとつは、政略的な効果をえることであった。アンドラゴラス王とヒルメス王子とが、パルス軍どうし王都の支配権をめぐって争っている間に、アルスラーン王子がルシタニア軍を撃つ。真にパルス国を侵略者の手から解放した者はアルスラーンである、ということを満天下に知らしめるのだ。それあってこそ、アルスラーンの立場も発言権も強化されるというものである。

ナルサスは、ルシタニア軍の人数を、ほぼ正確に把握していた。ジムサらの偵察にくわえ、脱落者や死者の数、残された糧食の量などを計算すると、ほぼ十万という人数になるのだ。

　ここでひとつの布石《ふせき》が生きてくる。

　先日、ギスカールはアンドラゴラス王と正面から戦っているとき、後方にたくわえていた糧食をアルスラーンに焼かれてしまった。今度の戦いで、ギスカールとしては、同じことをくりかえすわけにいかない。残りの糧食を守るために、かなりの兵数を割《さ》かねばならないだろう。つまり、実戦に投入されるルシタニア軍の兵力は、その分すくなくなるわけだ。「八万というところかな」とナルサスは推測していた。

　さらにナルサスのすさまじいところは、味方の兵力がすくないことを逆用して武器にしようとしていることだ。「パルス軍の兵力はどう見てもすくなすぎる。どこかに多数の伏《ふく》兵《へい》がひそんでいるのではないか」と、ルシタニア軍に疑惑をいだかせ、兵力の一挙投入をためらわせるつもりだった。

　ザラーヴァントとジムサは王太子および一党との再会を果たした。アルスラーンが喜んで彼らの手をとったのはむろんのことだ。ジャスワントはかつてザラーヴァントとけんかして「黒犬」と罵倒《ばとう》されたが、その点に関してザラーヴァントはきちんと謝罪し、以後王太子陣営の先輩として立てるからゆるしてくれと頭をさげたものである。

　こう頭を下げられては、ジャスワントも、いつまでも過去のことを根に持ってはいられない。ザラーヴァント自身、ジムサに毒の吹矢で負傷させられたことを根に持っていないので、その態度をジャスワントは見習うことにした。こうして、ジャスワントとザラーヴアントは和解した。

ジムサはといえば、王太子の部将として迎えられた後、ダリューンとナルサスに対して、つぎのように告《つ》げている。

「おれはトゥラーンに帰ることもならず、天地の間に身を置く場所もない。アルスラーン殿下の力が強くなれば、おれのいる場所も広くなろう。つまり、おれはおれのために殿下におつかえするつもりだ」

これは正直な発言であるのだが、同時に、いささか屈折しているようでもある。さらにジムサは語っていう。

「おれはパルス人ではない。パルスの国にも宮廷《きゅうてい》にも、何のしがらみもないのだ。そのことが有利に働くこともあろうゆえ、おれが役だつと思われるときには、遠慮なく申しつけてほしい」

するとナルサスが声を低めもせず答えた。

「それはアンドラゴラス王を暗殺するということかな」

強い視線をダリューンからあびせられて、ジムサはいささか居心地《いごこち》の悪い思いをするはめになった。

「そうだ。王太子殿下のご命令さえあれば。どう考えても、あの国王は、王太子にとって邪魔者ではないか」

「殿下はご命令なさるまいよ。そうは思わぬか、おぬし。これまで殿下のお人柄を見てきただろう。そのあたり、わからぬかな」

「いや、わかるつもりだ」

しぶしぶという感じでジムサはうなずいた。

「そのような手段を採る御仁《ごじん》でないことは、おれに対する態度からもわかる。だが、どうにも歯がゆくてならん」

ついこの間、トゥラーンの親王《ジノン》イルテリシュは、国王《カガーン》トクトミシュを自《みずか》ら弑殺《しいさつ》して王位を簒《うば》ったのであった。ジムサにとってはそれが当然なのである。

「アルスラーン殿下は、もしかしてあほうではないのか」

ジムサは声を高めた。アルスラーンを罵倒《ばとう》しているのではなく、彼のパルス語の表現力では、そうとしかいえないのである。

「つまり、きれいごとだけで王権をにぎることができる、と、そう思っておいでではないのか。どうもそういう気がしてならん。あの御仁は、その、何というか……」

「トゥラーンでは、そうはいかんんか」

「そうだ。アルスラーン殿下のような御仁は、とうに殺されて、墓のありかもわからなくなっておるだろうさ」

「ところがパルスではちと事情が異《こと》なる」

ナルサスは、ジムサの表現をおもしろがっていた。ダリューンは無言でジムサをにらんでいる。「殿下はあほうか」とジムサがいったとき、黒衣の騎士はあやうく長剣を鞘《さや》ばしらせるところであった。ジムサのパルス語の表現力では、そういうしかないということは承知している。それでもやはり瞬間的に腹がたってしまうのだった。

ジムサは話を転じていた。いまルシタニア軍と戦って勝てるか、と、ナルサスに尋《たず》ねたのである。

「味方は二万五千というが、おれが見たところ、敵は十万人はおるぞ」

「十万人全部に戦わせはせんよ」

軽く笑ってナルサスはいい、ジムサとしては、異国の軍師がしめすさりげない自信を信頼するしかなかった。

トゥラーン人から「あほうではないか」といわれた王太子アルスラーンはといえば、最初からナルサスに全面的な信頼を寄せている。ナルサスの才幹《さいかん》を疑うくらいなら、アルスラーンは、太陽が四角いということを信じるであろう。

南方の港町ギランを進発して以来、アルスラーンは半《なか》ば夢中で行動してきた。父王たるアンドラゴラス王や、従兄《いとこ》であるはずのヒルメス王子、彼らが何を考え、何をしようとしているか、気にならないこともなかったが、いまそんなことを考えてもしかたないと思っていた。暑いのがいやだと思っても夏は来るし、寒いのをきらっても冬は来るのだ。いつかかならず、自分の運命と対立せねばならないときが来る。それまでは、当面の敵だけを見すえていよう。ルシタニア軍を。

こうして、間を一日おいた八月十一日。戦機は完全に熟したと両軍は判断した。

第二次アトロパテネ会戦が、ここにはじまる。

Ⅲ

夜の最後の涼気《りょうき》が去り、気温は鳥が飛びたつように上昇しはじめた。前方を偵察に出かけたエラムとアルフリードが駆けもどってきた。馬を乗りしずめつつエラムが報告する。

「ルシタニア軍の騎兵、突入してきます！　数は五千」

「三千だよ」

と、アルフリードがエラムの数字を訂正した。エラムはむっとしたようにアルフリードをにらみつける。うなずいて、ナルサスは王太子アルスラーンに進言した。

「騎兵四千が突入して来るとのこと。数からいって、最初の探りかと見えます。当初の予定どおりでよろしいと存じます」

「わかった」

アルスラーンはうなずいた。彼が片手をあげると、軍旗をかかげたジャスワントが、それを打ち振った。甲冑の群が整然として移動をはじめると、光の波が音もなく野を埋めていく。前進ではなく後退がはじまった。ルシタニア軍が進む分、パルス軍はしりぞいていくのだ。

四千騎のルシタニア軍は、さえぎる者もないままに、起伏に富んだアトロパテネの野を突進していった。パルス軍は、海岸から潮がひくように、さらにしりぞいていく。それは完璧に計算された作戦行動であって、すべての兵士が見えない糸に引かれるように動いているかのようだった。

「どうもおかしい。手ごたえがなさすぎるぞ」

ルシタニア軍は不安になった。この部隊を指揮していたのは、スフォルツァ、ブラマンテ、モンテセッコなどという騎士たちである。彼らはなかなか勇敢で、戦いにも慣れていた。パルス軍の強さもよく知っている。これほど手ごたえがないと、パルス軍は何かたくらんでいるにちがいない、と思ってしまうのだ。

背後を振りかえってみると、味方の本軍からはすっかり離れてしまっている。突出したのはよいが、これでは孤立してしまう。すこし馬の足をゆるめようか。そう思いはじめたところへ、突然、兇報《きょうほう》が投げこまれた。不意にあらわれたパルス軍の騎馬隊が、彼らの後方にまわりこもうとしているというのだ。

「いかん、退路を絶たれるぞ」

「引き返せ！　味方と合流する」

あわてて馬首をめぐらしかけたとき、左右でどっと喊声《かんせい》があがった。ルシタニア軍の隊列が乱れたった。葦毛《あしげ》の馬が宙に躍《おど》り、よくひびく音楽的な声が投げつけられた。

「おや、ルシタニアの勇者たちよ、異教徒どもを地上から一掃しようとて突進してきたのではないか。一戦もまじえず引き返すなど、つれないにもほどがあろうぞ」

黒絹のような髪が夏の陽《ひ》にかがやく。ミスラ神につかえる女神官《カーヒーナ》ファランギースであった。どよめいたルシタニア騎士の数人が、馬首をむけて殺到しようとする。

ファランギースが矢を射放した。銀色の線が熱風を裂《さ》いて、よけようもない速さでルシタニア騎士に命中する。冑と甲のつなぎめを射抜かれて、騎士は馬上からもんどりうった。人間と甲冑の重さから解放され、馬は狂ったように走り去る。

最初の戦死者が出るとともに状況は一変して、静から動へとなだれこんでいった。

「雑兵《ぞうひょう》はどくがよい。主将の首が所望《しょもう》じゃ」

ファランギースの手に、今度は細身の長剣がきらめいた。

剣というより光の鞭をあやつるようであった。重い戦斧《せんぶ》を振りあげた騎士は、それを振りおろしたとき、すでに死んでいる。馬が躍り、死者を地上に投げ落とした。彼女の周囲では、優美さでは劣るものの激しさでは匹敵する戦いがくりひろげられていた。剣が盾にくいこみ、槍が甲を突き刺し、斬り裂かれた傷口から血が噴き出す。怒号と悲鳴がいりみだれ、乾ききった大地は人馬の血によってうるおされた。死体と、それが着こんだ甲冑によって、丘は高さを増すかのようであった。

ルシタニア軍の本陣では。

「先発の四千騎が苦戦しております」

モンフェラートの報告に、ギスカールは、声をいらだたせていた。

「苦戦はわかっておる。パルス軍の陣容はどうだ。厚いか薄いか」

「それが、よくわかりませぬ」

モンフェラートもその点を気にしたのだが、パルス軍の動きは柔軟で、ルシタニア軍の動きをたくみに封じこめ、しかも自分たちの陣容を隠しているのだった。

「綿のようにやわらかく、蛭《ひる》のように吸いついてはなれず」

それがナルサスの指示であり、ファランギースはそのとおりに実行してのけたのである。ちなみに、ナルサスの指示を聞いて、ギーヴは「美女の胸のようにやわらかく、甘き唇のように吸いついて離れず」と自己流にいいなおしたものである。

いずれにしても、緒戦でルシタニア軍の前衛部隊はパルス軍のたくみな迎撃《げいげき》を受けてあしらわれ、みるみる兵力を削ぎとられていった。馬を飛ばして、ふたたび前方を偵察に出たアルフリードが、ややあわてたように帰ってきてナルサスに報告した。

「ルシタニアの本隊が前進してくるよ！」

たしかにルシタニア軍の本隊が動きはじめていた。孤立した前衛の四千騎を見殺しにするわけにいかなかったのである。騎兵と歩兵をあわせて七万六千の大軍が、起伏に富んだ丘陵《う》を埋めて前進をはじめた。烈日《れつじつ》に照りわたる甲冑の群が、四本の幅広《はばひろ》い河となって動いている。巨大な鉄の蛇が這《は》うようであった。

「よろしい、予測どおり」

ナルサスはつぶやいた。ルシタニア軍が大軍であることはわかっている。その大軍の兵力を生かさせぬまま敗退に追いこむのが、ナルサスの基本的な作戦であった。ルシタニア軍の鉄の蛇は、すぐにも、この世でもっとも強固な防壁によって前進をはばまれることになる。

突然のことであった。ルシタニア兵たちは息をのんだ。前方のなだらかな稜線上に、パルス軍の甲冑が銀色の壁となって立ちはだかったのである。ルシタニア軍の驚愕《きょうがく》が静まらぬうちに、ダリューンの命令がとどろいた。

「撃ちおろせ!」

つぎの瞬間、ルシタニア軍の頭上に、大小の石と砂が音をたてて降りそそいだ。百をこす投石車が、いっせいにそれらを放出したのだ。ルシタニア兵たちは石に打たれ、砂をかぶり、怒声と悲鳴をあげながら斜面をすべり落ちていった。濛々《もうもう》と砂塵《さじん》がたちこめ、ルシタニア兵たちの視界をさえぎる。目と鼻と咽喉《のど》を痛め、兵士たちはせきこみ、涙を流して苦悶した。

「何ごとだ、あれは」

ルシタニア軍の本陣で、ギスカールは唖然《あぜん》としてつぶやいた。いっぽう、パルス軍の本陣では、ひとりのルシタニア人が、事情を知りつつ落ち着けずにいる。

騎士見習エトワール、本名をエステルというルシタニア人の少女にとって、状況も心情も複雑をきわめていた。彼女はパルス軍の本陣に馬を立てていたが、もともと彼女がいるべきは、パルスに敵対する陣営である。だが、いまエステルは異教徒たちのなかにいて、王太子の客人あつかいされていた。エステル自身に、やましいところはないのだが、ものごとの表面しか見ない者にとっては、背教者としか思われぬであろう。

どう思われても、それはかまわぬ。かまうのは、彼女の同国人たちが殺されていくということだった。むろん一方的に殺されるのではなく、異教徒たちも殺されるのだ。母国にいたころ、エステルにとって世のなかの構造は単純だった。正しいイアルダボート教徒と邪悪な異教徒。ただそれだけ区別していればよかったのに。

ところがパルス軍に身をおく異国人で、世のなかをけっこう単純に割りきってすませている男もいる。トゥラーン人のジムサである。

ジムサにしてみれば、あたらしい主君と仲間たちに、役だつ男であることをしめさなくてはならぬ。でなければ、異国人である身が、パルス人の部隊を指揮することもけっしてできないだろう。

トゥラーン人の若い勇将は、無謀《むぼう》なほど激しい突進を、何度もルシタニア軍に対してこころみ、そのつど騎士たちを討ちとっては引きあげてきた。モンテセッコ卿も、彼の刃にかかった。パルス人に対しても、ルシタニア人に対しても、まったく遠慮する必要を彼は持たない。ジムサは何よりも自分が生きやすい状況をつくらなくてはならなかった。そのためにアルスラーンのために働く。よけいなことを考えて悩んだりする必要はないのであった。

Ⅳ

ゾット族の族長ヘイルターシュの息子であるメルレインは、王太子の本陣の前方にひとり馬を立てていた。

自分のおかれている状況に不満ではあったが、メルレインは、臆病者とのそしりを甘受《かんじゅ》する気はなかった。とにかく、戦う相手は侵略者であるルシタニア人なのだ。勇戦を、パルスの神々も嘉《よみ》したもうであろう。

そこでメルレインは、弓に矢をつがえながら、鋭い視線で獲物を探した。彼が見つけたのは、まさにパルス軍の陣列に矢を射こもうとする敵兵であった。メルレインは一瞬のためらいもなく、狙いをさだめて射放した。

矢はルシタニア兵の弓をかすめ、弓を引きしぼった腕の下をくぐって、深々と左脇に突き刺さった。弓と矢がべつべつの方向に弧を描いて飛び、その持主は宙を蹴りつけながら真下に落ちていった。

意外に敵が近くにいることがわかったので、王太子の側近たちは危険を感じた。ジャスワントが叫んだ。

「殿下、おさがりください。流れ矢にでもあたったら、ばからしゅうございます」

アルスラーンは頬を紅潮させて拒《こば》んだ。

「いやだ、私は動かないぞ」

「危のうございますから、殿下」

今度はエラムがいい、ジャスワントとかわるがわる後退を勧めたが、めずらしくアルスラーンは頭《かぶり》を振りつづけた。責任感と興奮の両方が、彼をそうさせた。軍師ナルサスは、正確に王太子の心情を察した。

ルシタニア軍はパルス王国の敵ではあるが、アルスラーンにとって真の敵ではない。それこそがアルスラーンにおおいかぶさる運命の苛酷《かこく》さであった。

アルスラーンはその苛酷さから逃《のが》れることができぬ。誰もアルスラーンに替わってはやれぬ。周囲の者は、いくらかの手助けをしてやることもできぬ。同情はする。激励はする。だが、結局のところ、アルスラーンは孤独な戦いを孤独にやりぬくしかないのだ。

それに比べれば、戦場で敵の攻撃を引き受けることなど容易なことであった。作戦を立てることも、大剣をふるうことも、能力の問題であって、勇気の問題ではない。

軍師ナルサスは、王太子のそばに馬を寄せた。アルスラーンの烈気《れっき》をやわらげるよう、おだやかに話しかける。

「殿下、勇気をむだ遣いなさいますな。矢は甲冑と盾があれば防げます。ですが、そのようなものが役だたぬ場合にこそ、勇気が必要になりましょう」

ナルサスの台詞《せりふ》は抽象的なものだった。あえてそうしたのだ。アルスラーンは、はっとしたように軍師を見返した。

「……そうだな、私はみんなの邪魔をしないようにしよう」

つぶやいて馬首を返すと、王太子の側近たちがそれにつづいた。ナルサス、エラム、アルフリード、それにジャスワントである。一アマージ（約二百五十メートル）をしりぞいて、ひとつの丘に馬を立てると、アルスラーンは、黒豹《くろひょう》のようにしなやかな印象のシンドゥラ人に声をかけた。

「ジャスワント、武勲《ぶくん》をたててくるとよい」

「私めの武勲は、殿下のご無事にあります。雄敵《ゆうてき》の首をとるのはダリューン卿やギーヴ卿におまかせします」

どこまでもきまじめなシンドゥラ人であった。アルスラーンは、晴れわたった夜空の色の瞳に微笑をたたえた。

「そんなことをいっていると、ダリューンひとりで敵の首を全部刈りとってしまうぞ。これからいよいよ戦士《マルダーン》のなかの戦士《マルダーンフ・マルダーン》の実力が発揮されるのだから」

アルスラーンの指摘は正確だった。ダリューンはこれまでパルス軍の実戦総指揮官として、指示を出すだけにとどまっていた。だが、両軍が剣や槍をもって接しあい、いよいよ白兵戦がくりひろげられることになったのだ。

石や砂をあびながら、なおルシタニア軍は前進する。大軍であるだけに、動き出すと、そう簡単に動きを変えることができないのだ。

「射よ！」

矢風が咆《ほ》えて、ルシタニア軍の隊列をつつみこんだ。馬が横転し、人が落ちる。苦痛の悲鳴と死の沈黙が、まだら模様に入りみだれ、それを人馬の血が一色に染めあげていった。

血の匂いが鼻腔になだれこみ、生者の嗅覚を麻痺させてしまう。あまりに強烈な刺激で、鼻血を流す者までいるありさまだ。矢風がいったんおさまったとき、ダリューンを先頭にパルス軍が突進を開始していた。

「全軍突撃《ヤシャスィーン》！」

砂塵《さじん》が巻きおこり、地軸が揺らいだ。万をこす馬蹄が暴風のごとくとどろきを発した。堤防を破った濁流《だくりゅう》が、速く、強く、無限にひろがっていくようだった。本陣からそれを望んだエラムとアルフリードが異口同音に「すごい、すごい」と口走ったほどの、それは壮観だった。それに対してルシタニア軍も、喊声《かんせい》と角笛《つのぶえ》も高らかに迎えうった。だが明らかに勢いにのまれ、機先を制された。パルス軍は甲冑の波濤《はとう》となって襲いかかった。

まずダリューンは、水牛の革を巻いたポプラの剛弓《ごうきゅう》をとりあげ、黒羽の矢を射放した。矢はたけだけしい唸《うな》りを生じて飛び、ひとりの騎士の胸甲をつらぬいた。おそるべき剛弓であることは、血ぬられた鏃《やじり》が背中に頭を出したことで、見る者すべてが思い知らされた。

つぎの瞬間、両軍の距離は、弓矢を役たたずの武器にしていた。すでにダリューンの手には弓ではなく長槍《ちょうそう》があって、黒馬は勢いよく敵勢のなかに躍りこんでいった。

赤い頰髯《ほおひげ》をはやした騎士が、まずダリューンの槍先にかけられ、鞍上《あんじょう》から血の尾をひいて突き落とされた。べつの騎士がべつの角度からダリューンに槍先を突きこんでくる。ダリューンは馬上でたくみに姿勢を変え、甲の肩の部分で相手の槍先をすべらせた。そして彼自身の長槍は、銀色の閃光と化してルシタニア騎士の甲をつらぬきとおし、相手の喊声を永久に絶ちきった。

騎手を失った馬が前肢を高くあげてのけぞり、パルスの雄将とルシタニアの騎士たちの間で生きた城壁となった。生みだされたわずかの時間に、ダリューンは長槍を犠牲者の身体《からだ》から引きぬき、彼の黒馬にも高く前肢をあげて方向を変えさせた。三たび長槍がきらめきわたり、三人めの死者を馬上からたたきおとした。

黒い甲冑に血が降りそそぎ、熱せられた鉄の表面でたちまち乾いてこびりつく。ルシタニア兵の間から恐怖の叫びがあがった。だが、意外なことがおこった。四人めが頸すじをつらぬかれたとき、べつの一騎がダリューンにむかって決死の体あたりをくらわせたのだ。さらにべつの歩兵が黒馬に斬りつけ、刃が鞍に喰いこんだ。黒馬がはねあがり、ダリューンは体あたりしてきたルシタニア騎士と組みあって地上に落ちた。

すさまじい叫喚《きょうかん》をあげて、ルシタニア兵が殺到する。乱刃《らんじん》が黒衣の騎士を斬りきざむかと見えた。だが、はねあがった白刃《はくじん》が雷光の風車と化して、ルシタニア兵をなぎはらった。血と絶鳴の渦のなかで、ダリューンは巍然《ぎぜん》たる花崗岩《かこうがん》の塔のように立ちあがっている。

「黒影号《シャブラング》！　黒影号《シャブラング》！」

ダリューンが愛馬の名を呼ぶ。パルス最大の雄将を騎手とするパルス随一の名馬は、剛弓から放たれた矢の勢いで駆けもどってきた。

ダリューンは黒馬の右側面に並行して二歩走った。手綱《たづな》をつかみ、三歩めには自分の長身を鞍上にはねあげている。鞍にまたがったとき、ダリューンの右手には血ぬられた長大な剣がにぎられていた。ひるがえったマントの裏地も血の色であった。

ふたたび馬上の人となったダリューンは、敵中に躍りこむや、右に左に斬撃《ざんげき》を振りおろした。突き出された槍の柄《え》を斬りとばし、冑をたたき割り、悍馬《かんば》に乗って血の海を泳ぎわたる勢いだった。

攻撃は反撃をまねき、反撃は再反撃を呼んだ。一瞬ごとに戦闘は苛烈さを増し、人の生命を供物として要求した。

血の上に血が降りそそぎ、死体の上に死体が折りかさなった。ダリューンの剣はいよいよ激しく、空と地の間に人血の嵐を巻きおこした。彼のひきいた騎兵たちも、剣と槍を縦横にふるい、ルシタニア軍の隊列を赤いぼろ布のように引き裂いた。

数が同じであるかぎり、パルス軍はつねにルシタニア軍を圧倒していた。ルシタニア軍が数を増すと見るや、パルス軍は巧妙にしりぞいて距離をとり、陣形をととのえる。

ダリューンが一個の戦士としてだけでなく、一軍の指揮官としても死の使者であることは、いまや万人の目に明らかだった。

「ダリューンは強いな、ほんとうに」

王太子の感歎《かんたん》に、軍師が答えた。

「ダリューンに指揮されれば、羊の群も一国を征服できるでしょう」

大地は死者と負傷者で埋めつくされるかと見えた。血と砂にまみれて横たわる彼らの八割まではルシタニア人であった。

いまさらのようにパルス軍の強さに舌を巻いたモンフェラート将軍は、王弟ギスカール公爵に進言した。後方に二万もの兵を置いているのは、あまりにももったいない。その兵力を敵の側面に移動させ、一挙に側面をついて敵を潰乱《かいらん》させようというのである。

ギスカールがためらっているのを見て、モンフェラートは声をはげました。

「王弟殿下、財宝などパルス軍にくれておやりなさいませ。わが軍にとって必要なのは金銀ではなく鉄でございますぞ」

鉄とは武器のことであり、また、それを持った兵士たちのことである。そこまでいわれて、さすがにギスカールも決断した。財宝を放置し、二万の兵力のほとんどを敵の側面に移動させるよう命じた。大胆な決断であったが、時すでにおそかった。結果として、これはルシタニア軍中枢部の判断の失敗ということになった。

後方にひかえた無傷の二万が、のろのろと動きはじめたとき、想像もつかぬことが主戦場ではおこっていた。

ルシタニアの甲冑をまとった一隊が、いきなりルシタニア軍に矢をあびせ、槍を投じはじめたのだ。これはアトロパテネに至るまでの野で、死者たちから甲冑を拝借して、パルス軍が編成した偽のルシタニア軍であった。

「裏切りだ、裏切りが出たぞ!」

その声が全軍に広まるのと同じ速さで、ルシタニア軍は動揺した。せっかく動きだした二万の軍もうろたえ、ためらい、前進をやめてしまった。

「王弟殿下が逃げた！」

「財宝だけかかえて逃げ出した。吾々《われわれ》は見すてられたぞ」

その声が、ルシタニア軍の中心で爆発して飛び散った。「もうだめだ」という悲鳴があがり、汗と埃《ほこり》にまみれた兵士たちは、絶望と敗北感にまみれた。やはり負けた、と彼らは思った。彼らは異教徒どもの剣に斬りたてられ、背をむけはじめた。

「あのていどの流言《りゅうげん》で崩《くず》れたつか。度しがたい役たたずどもが」

ギスカールは怒りくるったが、内心ぎくりとしていた。彼は敗軍と運命を共にする気はなく、最後の最後には、まず自分の身命をすべてに優先させようとしていたのだから。つまり、パルス軍の放った流言は、ギスカールの内心を暴露したようなものであった。

ギスカールの内心とかかわりなく、ルシタニア軍はくずれたった。昨年秋に、アトロパテネでパルス軍が敗滅したときとそっくりの状況になりつつあった。全軍の総帥が部下を見すてて逃げ出したとき、誰が生命をかけて敵と戦うというのであろう。

「逃げるな、とってかえせ。おぬしらの勇気と忠誠を、神は試しておられるのだぞ！」

モンフェラート将軍が馬を乗りまわしながら兵士たちを叱咤《しった》したが、後退をかさねる兵士たちの足をとめることはできなかった。

「殿下、いまこそ」

軍師ナルサスが進言した。アルスラーンが手を振る。それに応じて三千の騎兵が動いた。ザラーヴァントがあずかった無傷の精鋭であった。巨大な戦斧《せんぷ》をうちふって、ザラーヴァントは部隊の先頭に立ち、猛然とルシタニア軍に斬りこんでいった。

この一撃が致命傷となった。ルシタニア軍は横腹の急所を喰い破られ、内臓を傷つけられたのだ。多量の血がほとばしった。ルシタニア軍は死と滅亡への急斜面をころげおちていった。

V

この日の激戦で、ダリューンは四本の槍を折り、二本の戦斧を使いつぶした。彼がイアルダボート神のもとに送りこんだルシタニアの戦士たちは、有名無名をあわせて幾人にのぼるか、算《かぞ》えることもできぬ。彼は最初から戦場のただなかにあり、そして最後までそのままであるようだった。

流血と破壊の旋風《せんぷう》は、いまや急速に移動して、ギスカールの本陣に迫っていた。押しまくられて本陣に逃げこんでくるルシタニア兵の背後から、黒衣の騎士がパルス兵をひきいて殺到した。

「ルシタニア軍の総帥はどこにいる!?」

黒一色の甲冑がルシタニア兵の血でまだらに染まっている。ギスカールは戦慄《せんりつ》した。昨年秋のアトロパテネの戦いで、ルシタニア軍のただなかを単騎突破した黒衣の騎士。ギスカールもひとかどの剣士ではあるが、この相手には、とうてい敵対できないことは明らかだった。

「討ちとれ!」

左右にむかってどなったが、その眼前で、たちまちふたりの騎士が血煙をあげてのけぞった。さらに横あいで絶叫があがり、ふたりが地に転落した。前面の危険に気をとられているうちに、より近くに、やはり危険な敵があらわれたのだ。ギーヴであった。

「王弟殿下、お逃げあそばせ!」

叫んだのはモンフェラートである。部下たちを黒衣のパルス人にむけて殺到させながら、自分自身はギーヴに斬りかかろうとした。彼よりはやく、若いルシタニア騎士が咆《ほ》えるような声をあげてギーヴに組みついていった。

「じゃまだ、どけ!」

どなりざま、ギーヴは、長剣を一閃《いっせん》させて先頭の騎士を斬り落とした。ところがその騎士は生命《いのち》がけで彼をさまたげたのだ。斬られながら、ギーヴの剣を両腕でかかえこみ、そのまま馬上からずり落ちた。ギーヴは剣をもぎとられてしまった。騎士が大地とだきあって絶息すると、ギーヴの手から奪われた剣は地に突き立った。

ギーヴは馬からおりるようなことはしなかった。そんなことをすれば、地面におり立ったところを、ルシタニア人の剣に斬りさげられるだけのことだ。

「流浪の楽士」は、鞍上から身体《からだ》を伸ばした。彼の身体はほとんど地面と水平になった。絶妙の身ごなしで、走る馬と自分自身との均衡《きんこう》をとりながら、ギーヴはさらに手を伸ばし、地面に突き刺さった剣の柄《つか》をすくいあげた。

その瞬間に、モンフェラートが斬りかかってきた。強烈な剣勢だった。完全に剣の柄をにぎりそこねたギーヴは、あわや剣をはじき飛ばされそうになった。とっさに彼は片足を鐙《あぶみ》からはずし、ルシタニア人の馬の横腹を蹴った。馬が躍り、モンフェラートの第二撃は空《くう》を斬った。

両者ともに体勢をたてなおしてにらみあう。

「イアルダボートの神よ!」

「うるわしの女神アシよ、守りたまえ!」

二本の剣が激突し、火花が青くはねあがった。刃はいったん離れ、ふたたびモンフェラートが斬りかかる。ギーヴが斬りかえす。刃鳴りがたてつづけにひびき、その残響が消えさらぬうちにギーヴが決定的な一閃を放った。

刃先がモンフェラートの頸《くび》すじをとらえ、宙に走りぬけた。鋭く笛を吹き鳴らすような音がして、宙に血の虹がかかった。ルシタニアでもっとも高潔な騎士といわれた武将は、死へと至る一瞬のうちに、天使の微笑を見たのかもしれない。鞍上から投げだされて地にたたきつけられ、血と砂にまみれながら、彼の表情には、異教徒には理解できぬおだやかさが浮かんでいたのである。

とにかく強敵を斃《たお》して、ギーヴは息を吐きだした。彼はルシタニア全軍の副将ともいうべき大物を討ちとり、かがやかしい武勲《ぶくん》をたてたのだ。

「モンフェラート将軍、戦死！」

悲報はルシタニア全軍に伝わり、なお戦いつづける将兵の戦意をくじいた。しかも悲報はとぎれることなくつづいた。それはむろんパルス軍にとっては吉報だった。

ファランギースは、ルシタニア王室の姻戚《いんせき》であるボノリオ公爵を馬上から射落とした。ザラーヴァントは、ゴンザガ男爵と名乗る大男の騎士と格闘して、その首級《しゅきゅう》をあげた。ゴンザガの弟である騎士フォーラは、ダリューンに討ちとられた。スフォルツァも同じくダリューンと戦って首をとられた。ブラマンテはメルレインに斃された。アンドラゴラス王との戦いで生き残った、名だたる勇士たちのほとんどが、アトロパテネの野に、首のない屍《しかばね》をさらすことになった。十か月の刻《とき》をへて、かつてのパルス軍の悲歎《ひたん》は、ルシタニア軍の悲歎となったのである。


ひとりのルシタニア騎士が大声をあげた。パルス王宮から掠奪した財宝が革袋や麻袋にいれられて積みかさねられている。その前でのことだ。

「もう終わりだ。ばかばかしい、他人の財宝を生命《いのち》がけで守ってなどいられるか。おれはおれの道を行くぞ！」

わっと悲鳴があがった。騎士のひとりが、にわかに腰の大剣を抜き放ち、となりにいた仲間を馬上から斬り落としたのである。麻の袋に赤く人血が飛び散った。

「何をする、ゲルトマー！」

戦友たちの驚愕と非難に、ゲルトマーと呼ばれた騎士は、ふてぶてしい笑いで応じた。

「ふん、見てわからぬか。パルスの財宝をこの手にいただこうとしておるのよ」

神をも主君をも恐れぬ言種《いいぐさ》に、騎士たちはいきりたった。

「きさま、それでも名誉あるルシタニア騎士か！　王弟殿下のご命令をうけたまわったからには、この財宝を異教徒の手から守りぬくべきではないか。それを私欲に駆られて、おのれの手におさめようとは。恥を知れ！」

「恥だと、そんなもの見たこともないわ。どんな色をしているか教えてくれ」

「この痴者《しれもの》……！」

勢い激しく斬ってかかった騎士は、ただ一合を撃ちあっただけで、ゲルトマーの刃にかけられた。財宝の守護を命じられた騎士たちのなかで、たしかに彼が一番強かったのである。

たじろぐ仲間たちを前に、傲然《ごうぜん》と笑ったゲルトマーの表情が、いきなり凍りついた。声もなく落馬したゲルトマーの頸すじに矢が突き立っている。騎士たちは息をのみ、矢の軌跡を目で追った。小高い岩場の上に、パルスの騎士が馬を立てていた。鞍の前輪に弓を横たえている。「流浪の詩人」ギーヴであった。

「だ、誰だ、きさま!?」

その質問はルシタニア語で発せられたが、このような場合の質問は万国共通であったから、ギーヴはためらいもせず答えた。

「自分が得をするのは赦《ゆる》せるが、他人が得をすると、つい正義を口にしたくなるずうずうしい男さ」

ルシタニア人の半ばはパルス語を解する。ふざけた言種《いいぐさ》に、彼らはあらためていきりたった。

「神の怒りが恐ろしくないか。それとも、イアルダボートとやらいう神は、盗賊や仲間ごろしの守り神か」

ギーヴの言葉が、ルシタニア兵たちの怒りに油をそそいだ。彼らは抜きつれた剣の林で、不敵すぎるパルス人を包囲しようとしたが、紺色の瞳は冷笑のきらめきを浮かべた。

「いいのか、ぬけめない仲間に財宝を持っていかれるぞ。お前らは生命を失い、奴らは富をえる。ちっとばかし不公平ではないか」

ギーヴの毒舌は真実をついた。騎士たちは顔を見あわせ、とっさにどうしてよいかわからぬ。彼らが顔を見あわせていたのは、ほんの二瞬ほどであったが、ギーヴが鋭く指笛を吹き鳴らすと、岩場一帯に甲冑と馬蹄のひびきが湧きおこって数百のパルス騎兵が姿をあらわした。

「そらそら、逃げろ。逃げんと殺されるぞ」

ギーヴがからかった。あざといほどのやりくちだが、これで完全にルシタニア騎士たちの戦意はくじかれてしまった。彼らは馬首をめぐらし、われがちに逃げ去った。数本の矢が彼らの頭上をかすめ飛んだが、本気の攻撃ではなかった。

財宝の周囲は無人となった。ギーヴは優雅な手綱さばきで岩場を降り、財宝の前に馬を立てた。つかんだ弓の先端《せんたん》で、宝石をつめた革袋をつついてみる。

「やれやれ、惜しいことにおれのふところは小さすぎる。これだけの財宝をいれておくだけの余地がないわ」

ギーヴは笑いとばした。彼は財宝が好きだったが、それに目がくらむことはなかった。他の者がどういう目で見ようと、ギーヴは自分が詩人であると思っている。財宝そのものはけっして詩になりえない。だから財宝は、彼にとっては至高のものではなかった。

ギーヴは第二次アトロパテネ会戦においてルシタニアの名将モンフェラートを斬り、パルス王室の財宝が暴兵に奪われるのをふせいだ。いずれ彼自身が、後の世に詩人たちの感興をそそる、詩篇の重要人物になることだろう。

混乱と敗勢のなかで、ギスカールはダリューンに追われて本陣から逃げ出していた。パルスの里程で半ファルサング（約二・五キロ）しりぞいた地点に踏みとどまったが、ギスカールの身辺には百騎ほどしかいなかった。しかも、掠奪してきた財宝をパルス軍に奪いかえされたことまで知らされるはめになった。

敵の総数が三万たらずと知っておれば、ギスカールにはいくらでも打つ策《て》があった。また、軍隊を完全に再編し、少数精鋭化を実現していれば、おのずとべつの戦いようがあった。そのどちらも、ギスカールはできなかったのだ。何とも悔いの残る戦いであった。

あったはずだが、じつはそうではない。この時機になっても、ギスカールは、まだ確実に敵の兵数を知らなかったのだ。だから後悔しようもなかった。ナルサスが細心の配慮と、綱わたりのような技巧とで、パルス軍の兵力をギスカールに気づかせなかったのである。

「王弟殿下、もうだめでございます。脱出のおしたくをなさったほうがよろしいかと」

声を慄わせたのは、宮廷書記官のオルガスである。文書をあつかわせれば役にたつ男だが、このような状況では頼りにならない。いちおう甲冑を着こんではいるが、その紐を半ば解きかけている。いつでも逃げだせるよう用意しているわけだ。

「これほどみじめな負けかたをするとは。おれはそれほど無能な男だったのか」

深刻な疑問であった。むろん、そんなはずはない。ルシタニア一国を宰領《さいりょう》し、四十万の大軍を脱落者なしで渡海させ、マルヤム王国を滅ぼし、パルス王国の半分を支配する。そのような大事業を、無能者がおこなえるはずがなかった。

「だが、いま現に負けつつある。おれが無能でないにしても限界があるということか」

ギスカールは自嘲《じちょう》した。オルガスの逃げじたくを、彼はとがめようとしない。どうせオルガスが傍《そば》にいたところで、最下級の兵士ほども役にたちはしないのである。小物など勝手にしろ、と思っていた。

「ルシタニア軍が全滅しても、おれは負けんぞ。おれのこの身ひとつさえあれば、かならず再起してやる。ボダンめをたたきつぶし、マルヤム王国を根拠地として、ふたたび大陸に覇をとなえてやるぞ」

ギスカールはまだ三十六歳だった。健康で身心ともに精力的で、なお三十年は国事の第一線に立てるはずだった。生きていれば何とでもなる。また何とでもする。その自信と執念が、ギスカールにはあった。

その自信と執念を、徹底的に利用したのがナルサスであった。これまでギスカールは、有能で理性と計算能力にすぐれた男であることを、一年近くにわたって証明しつづけてきた。そして、だからこそ、ナルサスにとっては「得体の知れた」敵手となってしまったのである。

そのあたりの事情を、ナルサスは王太子アルスラーンに説明した。説明するだけの余裕が、パルス軍には生じていた。アルスラーンの本陣はしだいに前進して、最初のころより半ファルサング（約二・五キロ）ほど進んでいた。足もとには死屍《しし》がつみかさなり、さらに前方では、パルス軍に背中をさらしながらルシタニア兵が逃げていく。

「逃げる者は追うな」

アルスラーンは命じ、ナルサスもその命令を諒《りょう》とした。勝敗が決した以上、さらなる殺戮《さつりく》は無益であったし、捕虜を増やしたところでしかたなかった。

死戦のうちに、陽《ひ》はうつろっていた。ルシタニア兵は落日の方角に、敗残者の群となって流れていく。アンドラゴラス王に負け、アルスラーン王子に敗れ、ルシタニア軍はとどめを刺されたように見えた。

VI

ルシタニア全軍は潰《つい》えた。アトロパテネでえた成果は、アトロパテネで完全に失われた。そしてアトロパテネの勝利者であったギスカールは、敗残者となってなお生きている。生き残ったからには、生きのびてやろうとギスカールは心さだめていた。そのために、脱出の方法も考えている。

彼の顔を見知っている者は、パルス軍にはいないはずだ。ギスカールにとって、それが希望の綱であった。彼は短剣をぬくと、自分の甲冑についている豪華な装飾品をつぎつぎと切りとり、削ぎ落とした。宝石や金銀をとりのぞくと、ごくありふれた質素な騎士の甲冑になる。宝石は甲の下に隠した。どんなときでも、宝石や金貨は必要なのである。

いつかオルガスも姿をくらましてしまっている。まつわりつかれても、かえって迷惑であるから、ギスカールはかまわずに自分の馬にまたがった。まさかオルガスがダリューンにとらえられ、自分の生命とひきかえに王弟の居場所を教えたとは、知る由《よし》もなかったのだ。

馬腹を蹴って走り出そうとしたとき、空からギスカールめがけて落ちかかってきたものがある。速く鋭い、黒々とした風のかたまりであった。ギスカールは冑に衝撃を感じた。おどろきの声をあげて、馬が前肢《まえあし》で空を蹴りつける。「あっ」という自分の声を、ギスカールは聴いた。視界が一転し、ギスカールは地にたたきつけられた。

息がつまった。目と口に砂塵がとびこんでくる。地上での回転がとまり、ようやく身をおこしたが、なお視界はまわりつづけていた。その中心に銀色の光がすえられている。それが鼻先につきつけられた長剣の尖端だとわかったとき、ギスカールは動けなくなった。

「おてがらだな、告死天使《アズライール》」

黒衣の騎士がいうと、その頭上ではばたきながら一羽の鷹《シャヒーン》が自慢げな鳴声で応じた。

いつかギスカールの周囲には、パルスの騎士たちが包囲の鉄環《てつかん》を完成させていた。ルシタニアの王弟ギスカール公爵は、父親であるパルス国王アンドラゴラス三世につづいて、息子である王太子アルスラーンの捕虜となったのであった。

パルス軍の本陣に引きすえられたギスカールは、縛《しば》られはしなかった。むろん武器もなく、逃亡など不可能であった。騎士たちを左右にしたがえ、黄金の冑をかぶった少年が王太子アルスラーンであろう。その傍《かたわら》から進み出て、山羊《やぎ》の角《つの》でつくった杯をギスカールに差しだした者がいる。水をくれたのだ。咽喉《のど》はかわききっているし、この期《ご》におよんで毒殺ということもあるまい。杯を受けとったギスカールは、相手の顔を見て思わず声をあげた。

「お前は……あの騎士見習ではないか」

ギスカールは想いだした。想いだすと、ギスカールにとっては、じつにばつの悪いことになった。先だってこの騎士見習に接見したとき、ギスカールはパルス王宮の支配者であったのに、いまは身を守るべき武器もなく、いっかいの捕虜として地面にすわらされているのだ。

「王弟殿下にお尋《たず》ね申しあげます。国王陛下はいずこにおわしますか。まだ王都に残っておいででしょうか」

礼儀を守りながらエステルは尋ねた。ギスカールはまばたきした。とっさに質問の意味がわからなかったのだ。考えてみれば、当然の質問であった。そもそもルシタニア軍の総帥はルシタニア国王でこそあるべきなのだ。ルシタニア人が国王のことを心配するのは当然なのだ。だが、同時に、これほど実態とかけはなれた質問もなかった。水を飲みほして咽喉を湿すと、ギスカールはそっけなく答えた。

「知ったことではない」

「ご自分の兄君ではございませんか」

そうとがめられたとき、ついにギスカールの怒りが爆発した。三十六年にわたって蓄積してきた感情を、王弟は一気に吐き出したのだ。その語気は、煮えたぎった熔岩《ようがん》にひとしかった。

「おう、兄だとも。だからこそ、これまで奴につかえてきたのだ。武将としても統治者としても、おれのほうが格段にすぐれていたのに。おれはただ奴より後に生まれたというだけで、奴の下風《かふう》に立たねばならなかったのだ。もうたくさんだ。奴は自分で自分のめんどうを見ればよい。何度でもいってやるぞ。おれの知ったことか！」

ルシタニア語を解さないパルス人たちも思わず顔を見あわせたほどであった。沈黙してしまったエステルをにらんで、ギスカールは呼吸をととのえ、口調を皮肉なものに変えた。

「で、そういうお前自身はどうなのだ。ルシタニア人でありながら、パルス人どもの陣中にあるではないか。なぜそういうことになった？」

エステルは、その悪意に満ちた反問を予期していた。少女は臆する色もなく王弟殿下を直視して言い放った。

「邪悪な異教徒であるはずのパルス人が、公正な態度をとってくれたからでございます。国王陛下がご無事であれば、両国の間に対等の条約が結ばれましょう。だからこそ、国王陛下のご安否をうかがっているのです」

「……対等の条約？」

ギスカールの頰がゆがんだ。たかが小娘と思っていた相手の言葉に、彼は衝撃を受けていた。彼が見すて切りすてたはずの兄王に、まだそのような政治的価値があったのか。仮に兄王イノケンティス七世が生きており、パルス人たちと条約など結ぶようなことになったら、ギスカールの立場はどうなるのか。そこまで考えて、彼は、死ねば立場も何もあったものではない、ということに気づいた。

「おれをどうするのだ。殺すのか」

ギスカールが王太子に問いかけると、王太子にかわって傍の若い騎士が答えた。軍師のナルサスであった。

「いちいち尋《き》かねばわからぬのか。やっかいな御仁《ごじん》だな」

「そうか、やはり殺すのか」

ギスカールは自分の声がひびわれるのを自覚した。冷たい汗が背中を濡らした。自分はここで死に、無能で惰弱《だじゃく》な兄王が生き残るのか。目がくらみ、その目に水分がしみた。汗か涙か区別がつかぬ。生命《いのち》ごいをしようか、と屈辱の底で思ったとき、王太子の声がした。

「あなたを殺しはしない。放してあげるから、マルヤムへ行くといい」

静かな声であるのに、それは落雷のようにギスカールの耳にとどろいた。

「だが、おれを生かしておいて何の得があるのだ。おれが感涙にむせび、パルスとの間に永遠の平和を誓うとでも思っているのか」

あえぐようにギスカールは問いかけた。

「べつにおぬしの感涙など見たくもない。吾々《われわれ》がおぬしに期待するのはただひとつ、マルヤム王国にもどり、例のボダン総大司教とやらと、はでに嚙みあってくれることだ」

ナルサスの返答に、ギスカールは全身をこわばらせた。パルス人が王弟を生かしておくのは、感傷や偽善からではない。きわめて辛辣《しんらつ》な理由からであった。パルス人どうしが王権をめぐって争っているように、ルシタニア人どうしも争わせようというのである。そして、なお公式には王位にあるイノケンティス七世の身柄をおさえておけば、今後どうにでも口や手を出せる、というところであろう。

「なかなかみごとな算術だ。だがそう思いどおりに事が運ぶと思ってもらっては、おぬしら自身が後でこまるだろう。おれがボダンめと和解し、マルヤムにいる全軍をこぞって復讐戦をいどんできたら、どうするつもりだ」

威迫《いはく》してやったつもりだが、パルス人たちは、いっこうに動じなかった。まだほんの少年にすぎない王太子アルスラーンは、微笑に風格さえたたえて答えた。

「そのときはあらためて勝敗を決することにいたしましょう。さしあたり、馬と水と食物をさしあげます。どうぞご無事でマルヤムの地にご到着ください」

奇異な印象を、ギスカールは禁じえなかった。パルス人たちがギスカールを生かしたまま放すのは、彼らの利益と打算のためである。それがわかりきっているのに、アルスラーンの表情を見ていると、心からギスカールの無事を祈っているとしか思えないのだった。むろんアルスラーンは、パルスの政略的な利益のために、ギスカールの無事を祈っているのだ。虜囚《りよしゆう》とせずに解放するのは、ナルサスが考えぬいた結果だった。ギスカールは、マルヤムに行ってボダンを打倒しないかぎり、今後の人生がないのだ。ギスカールが自分のために必死に行動すれば、それがパルスのためになるのだった。

こうしてルシタニアの王弟ギスカール公爵は、未来をのぞくすべてのものを失い、西北マルヤムの方角へと馬を走らせていった。なお傲然《ごうぜん》と胸を張り、自分自身の未来を信じ、大司教ボダンの打倒を誓いながら。

こうして、ルシタニア軍のパルス征服は一年間に満たず、流血と砂塵のなかに終焉《しゅうえん》をとげたのである。

第四章　英雄王の歎《なげ》き

I

第二次アトロパテネ会戦が西北方の荒野で展開されているころ。

王都エクバターナにおいては、攻めるアンドラゴラス王と守るヒルメス王子との間に、戦いがくりひろげられていた。ただ、それは全面的なものではなかった。十万の軍は王都の堅固な城壁を包囲し、地下水道でこぜりあいをくりかえしたものの、城壁の内外で激しい殺しあいを全面的に展開するという場面は、まだ見られない。攻めるアンドラゴラス王としても、エクバターナは自分の城である。なるべくなら破壊したくないところであった。

アトロパテネの野で勝利をえたアルスラーンは、主戦場から一ファルサング（約五キロ）ほど南へ移動して宿営した。そこはミルバラン河にほど近い段丘の一帯で、人馬に水を与えることができる。昨年秋の敗戦に際して、ヒルメスがアンドラゴラス王を待ち伏せした場所の近くであったが、むろんアルスラーンはそのような因縁を知る由《よし》もなかった。

王都のようすは、諜者《ちょうじゃ》から一日に二度は伝わってくる。アンドラゴラス王の軍は完全に王都を包囲したものの、攻めあぐねている観がある、と。ここで勝利の余勢を駆って、一気に王都に迫ったらどうか。そういう意見も、アルスラーンの陣営にはあって、ザラーヴァントがその急先鋒であったが、軍師ナルサスは賛同しなかった。

「兵を休養させねばどうにもなりません」

というのがナルサスの意見であった。第二次アトロパテネ会戦において、パルス軍は二万五千を動員し、戦死者は二千であった。ルシタニア軍は十万が戦場に展開し、二万五千が戦死した。むろんパルス軍の大勝利であるのだが、ものごとには両面がある。ナルサスは手段をつくしてルシタニア軍の首脳部を心理的に引きずりまわした。ルシタニア軍は十万といいながら、実戦に参加したのは全体の六割ほどで、総力をあげて戦う機会がないままに、パルス軍の戦術に翻弄《ほんろう》されてしまったのだ。少数のパルス軍によって分断され、かきまわされ、しかも最後まで、相手が少数であることに気づかなかった。

半ばルシタニア軍は自滅したといってよい。それはパルス軍の作戦がすぐれていたことをしめすものだが、逆にいうと、ルシタニア軍はまだ余力があったのだ。後方にひかえていた二万など、ほとんど戦いもせず、敗勢に巻きこまれて逃げだしてしまったのである。彼らが本気で戦っていれば、パルス軍を包囲し、潰滅させることができていたはずだった。

そしてパルス軍のほうはというと、二万五千の兵がひとり残らず実戦に参加した。しかも激戦をかさねて、広大な戦場を走りまわったのである。もっとも働いたのは雄将ダリューンで、愛馬「黒影号《シャブラング》」を駆って、戦場の端から端まで駆けめぐり、その間、食事もとらなかった。

こうして戦いがすむと、疲労しきったパルス軍は、へたりこんで動けなくなってしまった。「黒影号」が疲れはてたその横で、ダリューンも冑をぬいですわりこんでしまい、咽《の》喉《ど》のかわきに、しばらくは声も出ないほどであったのだ。

「もし、いまルシタニア軍が引き返して攻撃をしかけてきたら、あたしたち皆殺しになってしまうね」

アルフリードが深刻な表情でいうと、へたりこんだ味方を見まわしたナルサスが、「まったくだな」と笑いもせずに答えたものであった。

ナルサスが王弟ギスカールを解き放した理由のひとつが、そこにある。なまじ捕虜にしたままでおいて、決死のルシタニア兵に奪還に来られては、ひとたまりもない。ギスカールをマルヤム王国へと追い放てば、彼に忠実な者たちもマルヤムへと落ちのびていくであろう。総大司教ボダンの名を持ち出して、ギスカールに暗示をかけたのも、ナルサスとしては必死の策であった。

「まあ二、三年はマルヤムで勢力争いをしてくれるだろう。仮に短期間で勝負がついても、その後遺症がのこって、すぐにパルスに再侵入することはできぬ。そのころには東のシンドゥラでも、ラジェンドラ王が何かと蠢動《しゅんどう》しはじめるはずだ。だが、さしあたり、いまはこれでよい」

一夜が明けると、アルスラーンは、ルシタニア軍から奪《と》りもどした財宝の一部を、部下たちに分け与えることにした。おもだった将軍だけでなく、すべての兵士たちにもである。

アルスラーンは、宝石や金貨などに関心も未練もなかった。生き残った兵士と、戦死した兵士の遺族とに、それらを分かち与えるようナルサスに指示したとき、王室伝来の冠や錫杖《しゃくじょう》、列王の遺品などを除いて、ほとんどすべてを与えるようにいっている。それはただ、感傷だけでそうしたのではなかった。

「わが軍は掠奪をかたく禁じているから、兵士たちのなかには不満を持つ者もいるかもしれない。刑罰を厳しくするだけでなく、こうやって財貨を分けてやれば、彼らもすすんで軍律を守るだろう」

「御意に存じます」

ナルサスがアルスラーンに対して、「なかなか底の深い御仁だ」という感想をいだくのは、このようなときである。アルスラーンの支配者としての本質が「甘い理想家」であることをナルサスは知っているが、そのくせこのように鋭い現実感覚をそなえているのは、なかなかに尋常なことではなかった。現実を理想に近づけるための方策を、きちんとところえているとすれば、これは王者として統治技術をりっぱにそなえているということになる。

そうナルサスが感想をもらすと、ダリューンは愉《たの》しそうに笑った。

「何だ、いまさらそんなことをいっておるのか。王太子殿下のご資質など、とうにおれは知っていたぞ」

「知ることと信じることとは、べつのものだと思うが」

「むろん、そうだとも。たとえば、おぬしのある種の才能に対して、おれが知っていることと、おぬしが信じていることとは、えらく差があるからな」

「いいたいことがあるなら、はっきりいったらどうだ、ダリューン」

「これ以上はっきりいえるものか」

他愛のない憎まれ口をたたきあえるのも、ひとつ大きな事業をすませたという安堵感《あんどかん》があるからだった。すべてが終わったわけではないにせよ、とにかくひとつは終わったのだ。ギーヴの表現を用いるなら、「昼食の心配は昼が近づいてからすればいい」ということになる。

トゥラーン人であるジムサも、財宝の分配にあずかった。金貨《デーナール》二百枚と、人間の頭ほどの大きさの袋に詰めこまれた砂金、それに大粒の真珠を百個。「何と気前のよい王太子だ」と喜ぶ彼に、皮肉っぽく声をかけた者がいる。シンドゥラ人のジャスワントであった。

「おぬしが主君を評価するのは、気前だけが基準か」

「気前のいい主君のほうが、吝嗇《けち》な主君より臣下にとってはありがたい。当然のことだ」

ジムサは悪びれない。彼はトゥラーン人である。トゥラーンの国王《カガーン》は、極端にいえば、掠奪した財貨を公平に分配するのが最大の役目なのである。そういうものだ、と、ジムサは思ってきた。だから、物おしみをしないアルスラーンに王者たる資格を認めたわけである。つぎはもっと武勲をたて、もっと恩賞にあずかるよう努《つと》めようと思った。彼なりに、アルスラーンに対して忠節をつくそうと思ったわけだが、その心情を彼が口にすると、つぎのようになる。

「ま、王太子も妙な御仁さね」

「えらい御仁といえ」

ジャスワントが眉をつりあげた。彼はパルス国人でないという一点で、ジムサと共通しているのだが、どうも性格はずいぶんとちがうようであった。ジャスワントも、ジムサにまさるともおとらない報酬を王太子からもらった。むろん感謝しているが、「殿下もすこし水くさい」という気分がある。恩賞などもらわずとも、ジャスワントは、アルスラーンのためにいくらでも働くつもりであった。

女神官《カーヒーナ》ファランギースが受けた恩賞は、金貨より宝石を主体にしたものだった。虹の欠片《かけら》をかためたような多彩な宝石の群を見て、ギーヴがいったものである。

「ファランギースどのの美しさには、どのような宝石もおよばぬ。まことに、ファランギースどのは虹の女王ともいうべきご婦人だ」

「おぬしの舌も虹にひとしいな。それぞれに色の異なる舌が、七枚ほど見えるぞ」

「おや、ファランギースどのは、ご存じない。その他に透明な舌が十枚ほどはござるが」

ファランギースは、いずれすべてをミスラ神の神殿に寄進するつもりで、ありがたく王太子の厚意を受けた。それまでは、自分自身を飾るために使うこともあろうが、宝石は減るものでも腐るものでもないから、それはかまわないのである。

ギーヴは金貨のほかに、柄に四種類の宝石をあしらった黄金づくりの短剣《アキナケス》を拝領した。宝石の色は、青、緑、黄、紫で、赤が欠けていたが、それについてギーヴはいった。

「なに、赤い色は刃につくことになっているのさ」

ダリューンとナルサスは、すなおに恩賞を受けた。彼らは宮廷につかえていたので、事情がよくわかっている。功績に対して恩賞がきちんとおこなわれぬのでは、秩序も人心も乱れてしまうのである。ただダリューンは心配した。後日国王《シャーオ》から「勝手に恩賞を与えるとは何ごとか」と王太子が責められるのではないか、と。ナルサスは答えた。「なに、財宝の半分はルシタニア軍が持って逃げたのさ。ここにあるのは幻だ。気にすることはない」と。

ザラーヴァント、エラム、メルレイン、アルフリードも、それぞれ恩賞をいただいた。「これでナルサスと結婚するときの持参金ができたわ」とアルフリードが喜ぶと、むっとしたエラムが口を出した。

「持参金なものか。手切れ金の前渡しだろ」

「うるさいわね。他人が幸福になるのがそんなにねたましいの！」

「お前が幸福になるのはかまわないさ。ナルサスさまが不幸になるのをみすごせないだけだ」

「いったわねえ！　それじゃまずあんたから不幸にしてやろうか」

「お前と知りあっただけで、充分不幸だい」

そのような無害なもめごとの数々はともかく、恩賞の授与がすむと、アルスラーンは、ダリューンとナルサスを呼んで告げた。

「ダリューン、ナルサス、私は王都に行きたい」

「いま、この時機にでございますか」

「王都に行って、父上やヒルメス卿と話しあってみたいのだ。いや、話すというのがだいそれたことなら、直接ようすを見るだけでもよい」

王太子の心情はよくわかるが、ダリューンとしては心配である。はっきりと、アンドラゴラス王は敵だとの思いがあるのだ。

「父上のもとにはキシュワードがいる。迷惑かけて悪いが、彼にとりはからってもらえるだろう」

「たしかにキシュワード卿はあてになる御仁ですが、彼にも立場というものがございますぞ」

ダリューンが首をかしげ、ナルサスを見やった。おぬしも殿下をとめてくれ、と、視線で呼びかけたのである。もともとナルサスは、アンドラゴラス王とヒルメス王子とがさんざん殺しあった後に、アルスラーンが出馬して事態を収拾すればよいと考えていた。だから、ここはダリューンといっしょになって、アルスラーンを制止すべきなのである。ところが、やや間を置いてナルサスはうなずき、アルスラーンに賛意を表した。ダリューンはおどろいたが、ナルサスが声をひそめて理由を説明すると、彼も賛同せざるをえなかった。

アルスラーンにしたがう者は八人と一羽。ダリューン、ナルサス、ギーヴ、ファランギース、エラム、アルフリード、ジャスワント、そして告死天使《アズライール》とエステル。ザラーヴァントとジムサ、それにメルレインは軍をひきいて南下し、オクサス河最上流でグラーゼと合流することになった。そこで兵を休養させ、近日のうちに王都へと進発する準備をととのえる。全軍を案内するのはメルレインである。ナルサスはグラーゼに事情を説明する手紙を書き、それをメルレインに託した。

「よろしく頼む」

と王太子にいわれて、メルレインはじつに不機嫌そうにうなずいた。誠実さと責任感は充分にあるのだが、生まれるときに「愛想」というものをどこかに落っことしてしまったので、そういう表情になってしまう。また、王太子に「頼む」といわれて嬉《うれ》しいのだが、独立自尊のゾット族たる者、王者からものを頼まれても嬉しそうな表情《かお》などしてはいけない、と信じているものだから、よけいに不機嫌そうに見えるのであった。

八月十四日、アルスラーン以下九騎と一羽は、軍から離れてエクバターナへと向かった。

II

「蛇王ザッハークさまの御名に栄えあれ。ついにこの日が来た。叛逆者《はんぎやくしや》カイ・ホスローめの子孫どもが、相争って血を流す日がな」

陰々たる声に、奇怪な喜びがこもっていた。それは王都の地下深くにひそむ人物の声で、暗灰色の衣の裡《うち》にその声はこもり、うめきとも弔鐘《ちょうしょう》のひびきともつかずに地中を這いまわるのだった。

ただ、その声はまだ地上の人間には聴こえない。彼らは、闇を封じこめた大地の表面を、甲冑や剣環《けんかん》の音も高く歩きまわり、強烈な日光に照らされながら、戦ったり休んだりしている。

ヒルメス王子につかえるザンデは、いろいろと多忙だった。ただ戦闘の指揮をとるだけでなく、城壁を守る兵士たちの間に不安が高まっているようなので、なだめてまわらねばならない。兵士たちの不安は、戦いそれ自体についてではなかった。

もし戦い敗れ、捕虜となったら、彼らは国王《シャーオ》に対する叛逆者として処刑されることになるのだろうか。そういう不安なのだ。

「そんなことにはならぬ。ヒルメス殿下こそがパルスの正統な国王であられるのだからな。近く正式に戴冠《たいかん》なさるし、そうなれば吾々は国王の親衛隊として厚く酬《むく》われるだろう」

熱心に、ザンデは一同の不安を打ち消してまわった。彼自身、万騎長《マルズバーン》や諸侯《シャフルダーラーン》への夢を心に描いている。ヒルメスに対する忠誠心はむろんのことだが、主君が玉座につけば、ザンデが栄達するのも当然のことであった。

ザンデの激励が効を奏して、兵士たちの士気は回復した。頭ごなしにどなりつければ、かえって反感を買うことを、ザンデはよく知っていたわけである。

だいたい籠城《ろうじょう》というものは、どこかから援軍が来るという前提のもとでおこなうものだ。ヒルメスの場合、どこからも援軍が来るあてはない。永遠に城門を閉ざしてたてこもっているわけにはいかないのだ。エクバターナは大都市であり、当然、糧食は城外から運びこまねばならない。市民が飢えはじめる前に結着をつけなくてはならなかった。ザンデにそういわれて、ヒルメスは答えた。

「案じるな、短期で結着をつけるための手段がおれにはある」

「とおっしゃいますと？」

ザンデにはわかっていたが、うやうやしく尋ねてみた。

「おれとアンドラゴラスとが一対一で剣をまじえるのだ。唯一無二の玉座を賭けてな。奴は拒みはすまい。臆病者とそしられたくなければな」

ヒルメスは声をたてて笑ったが、その笑いは長くつづかなかった。ザンデが何かいいたげな表情をつくったのだ。布に隠されないヒルメスの左目が鋭く光った。

「おれが負けると思うのか、ザンデ」

勇者としての矜持を傷つけられて、ヒルメスが声をとがらせると、ザンデは恐縮して巨体をちぢめた。

「正々堂々の一騎打なれば、殿下がお敗れになるはずはございません。ですが……」

「ですが、何だ」

「アンドラゴラスめ、血迷うてどのような手段に出てくるやもしれませぬ。ご用心にこしたことはございません」

ザンデは、ためらいがちに語をつづけた。

「それにアルスラーン王子のことも、いささか気になります。かの王子、いったいどこにおりますのやら。陣中にいるのでしょうか」

「とるにたらんことだ。気に病《や》むな」

ヒルメスは吐きすてた。

ザンデの心配が、ヒルメスにはよくわかっている。せっかく奪還した王都が、たちまちヒルメスの重荷になってしまった。アンドラゴラスの攻撃を防ぎつつ、百万の市民に食物を与えねばならぬ。すでに水不足は深刻な状態で、城内の血の痕《あと》を洗い流すこともできない。一部では、屍毒《しどく》による疫病の発生もささやかれている。ルシタニア軍の支配体制がたたきこわされ、パルス旧来の統治体制はまだ復興できておらず、やらねばならぬのに手もつけられない事がらばかりが増えていく。なかでも問題なのは、ヒルメスに対する市民の失望感が増大していることであった。ヒルメスが王都を支配しても、何ひとつよくなっていないのだから、市民が失望するのもむりはない。

確かなものが、ヒルメスにはほしかった。王都エクバターナの城壁。部下たちの献身的な忠誠。そして何よりも王位の正統性！

宰相フスラブ卿に化けていた魔道士が、秘密とやらをヒルメスに語るはずであった。ところが、アンドラゴラス王がエクバターナに攻めよせてくると同時に、魔道士は姿を消してしまい、ヒルメスは秘密を聞きそこねた。魔道士の目的は、ヒルメスの心に濁った不安を投げかけること。それを薄々とさとってはいたが、ヒルメスとしては、気にせずにいられぬ。奴は何を知り、何を語ろうとしていたのか。

ヒルメスは、マルヤムの王女イリーナ内親王に会いたくなった。彼女だけが彼に静穏《せいおん》を与えてくれることを知りながら、彼女に会うことをヒルメスは避けていた。アンドラゴラスとの対決がすむまでは、と思っていたのだ。

八月十四日以降、地下水道では激烈な斬りあいが展開された。いよいよアンドラゴラスが攻勢に出たのである。一挙に千人をこす兵士を投入して、防御を突破しようとした。

ここを突破されては、ヒルメス陣営に最終的な勝利はない。さいわい、地の利はヒルメス陣営にある。

防御の総指揮はサームがとった。皮肉なことだが、昨年秋にはサームは地下水道の存在を教えられておらず、そこからヒルメスが侵入して、エクバターナを陥落させたのである。いまサームは、地下水道内に網や綱を張りめぐらし、アンドラゴラス王の兵士たちを誘いこんで動きを封じては、そこに油を流しこんだ。

油に火が放たれ、地下水道全体が黄金色にかがやいた。逃げることもままならず、アンドラゴラス軍の兵士たちは炎にまかれ、絶叫を放ってもがきまわる。「網のなかの魚のように」という表現そのままに、火のかたまりと化して跳びはねた。

火影《ほかげ》を見、絶叫を耳にしたアンドラゴラス軍の兵士たちが、さらに押しかけてきたが、網や綱にはばまれ、炎にさえぎられて動けなくなる。味方どうしもみあっているところへ、暗闇から矢が飛び、水と血の飛沫のなかに兵士たちは倒れこんでいった。サームの指揮ぶりは巧妙をきわめ、アンドラゴラス軍はすでに百人単位の死者を出しながら、一歩も奥へ進めないありさまだ。

「おぬしか、サーム卿、そこにいるのは!?」

キシュワードの声が、石づくりの天井や壁に反響をかさねた。ヒルメス軍の、あまりにも巧妙な防戦ぶりを知ったキシュワードは、自ら地下水道にやってきたのだ。おそらくサーム自身が指揮をとっているにちがいない。そう思ったが、予測は的中した。

「キシュワード卿か」

サームの返答は重く短い。攻撃してくる兵をひとり殺すつど、人としての罪をかさねているという自責の念があるのだった。

ふたりの万騎長《マルズバーン》は、光と闇の交錯する地下水道で対峙した。キシュワードは旧友に、アンドラゴラス王への帰順をすすめた。

「おぬしを万騎長に叙任《じよにん》なさったのは、アンドラゴラス王だぞ。剣を引き、あらためて陛下に忠誠を誓え。僭越だが、おぬしの罪が赦《ゆる》されるよう、おれも口ぞえさせてもらう」

そう旧友にすすめられたサームは、かわいた声で低く答えた。

「キシュワード卿、おれはひとたび、つかえる主君を変えた」

「それは、ゆえあってのことであろう?」

「ひとたび変えたのは、運命に強《し》いられたため。そう弁解することもできよう。だが、ふたたび主君を変えるのは、単なる変節にすぎぬ。他人がどういおうと、そのことをおれは知っている」

サームは剣をかまえなおした。両手に剣を持ちながら、キシュワードは想い出していた。

片目のクバードがいった言葉を、である。サームは死にたがっている、と、クバードはいったのだ。クバードは正しかった。キシュワードはそう思った。

もっとも、サームはたぐいまれな勇者であるから、戦って斬られるのはキシュワードのほうであるかもしれぬ。いずれにしても、キシュワードはもういちど言わずにいられなかった。

「考えなおせ。生きていればおぬしの正しさが認められる刻《とき》も来ように」

「生き残ったところで、どうせ骨肉の争いを見せつけられることになるのだ。おれはガルシャースフやシャプールがうらやましい。彼らはパルスの武人として死場所をえた」

サームの剣尖がゆるやかに弧を描いて、キシュワードの両眼の間をねらった。

殺気が薄闇をつらぬく。

ざっと水が騒いだ。サームがキシュワードに躍りかかったのだ。灯火をはじきかえしつつ、刃がキシュワードの頭上に落ちかかった。石と水が金属音を乱反射させ、火花と飛沫が刃の周囲に舞い散った。

ふたりの万騎長《マルズバーン》は位置を入れかえた。呼吸をととのえ、戦機をはかり、ふたたび激突した。サームの剣が振りおろされ、額《ひたい》の前でキシュワードが受けとめる。刃鳴りが高くあがった瞬間、キシュワードの右手の剣が斜めに光跡を描いた。刃と甲が激突する。サームはキシュワードの斬撃をかわさなかった。そしてキシュワードもサームに致命的な斬撃をあびせる決心がつかなかった。まことに中途半端な結果となって、サームの甲には亀裂が走り、異様な音をたててキシュワードの一剣はへし折れてしまった。

ふたりの勇将のうち、どちらがより失望したかはわからない。キシュワードの剣の破片が水に落ちたとき、両者はふたたび水を蹴っていたが、撃ちかわす刃のひびきを圧して、制止の声がとどろいた。

「そこまでだ。万騎長《マルズバーン》どうしの決闘、見物人なしでは、もったいなさすぎよう」

「陛下……」

あえいだのは両者同時であった。甲冑をまとったアンドラゴラス王の巨体が、彼らの近くにあった。

「サームよ、そこを通せ」

「お言葉なれど……」

「通さぬか」

「たとえ陛下といえども……」

「ふふふ、忠実なことよな。だが、予がヒルメスと戦うのではなく話しあいたいといったらどうする」

アンドラゴラス王の笑声が、サームの身体を見えない鎖で縛った。あえぐような表情の旧部下を、アンドラゴラスは、重い迫力にみちた声で圧倒した。

「どれほど愚かしい演劇《しばい》にも終わりがある。そのときが近づいたのだ。それとも、サームよ、いまのおぬしの主君は、一対一で相手と話しあうこともできぬ臆病者か」

国王が口を閉ざすと、地下水道には硬い沈黙が満ちて、しばらく破られなかった。

Ⅲ

気配が動いた。ひそやかな気配ではなく、堂々とした人間の影であった。ヒルメスほどすぐれた武人でなくとも気づいたであろう。

「誰だ、そこにおるのは？」

ヒルメスの声が薄闇をつらぬいた。謁見《えっけん》の間である。顔の右半分を布で隠した王子は、城頭で戦いを指揮していないときには、ほとんどこの広大な部屋にいる。玉座に対する子供っぽい偏執は、ヒルメスの不安のあらわれであった。離れれば玉座を奪われるのではないか、という。少年のころからあれほど渇望《かつぼう》して、ようやく手に入れたのに、玉座はヒルメスに、不安ばかりをもたらすようであった。

不安が驚愕となって爆発したのは、眼前に宿敵の姿を見たからである。ヒルメスは玉座から文字どおり飛びあがって、招かれざる客人を見すえた。

「アンドラゴラス……！」

彼のうめきに、国王《シャーオ》は悪意をもって答えた。

「ひさしぶりだな、ヒルメス、わが弟よ」

「きさまなどに気やすく挨拶されるおぼえはない！」

ヒルメスは、はねつけた。はねつけてからふたたび愕然《がくぜん》として声を失った。アンドラゴラスは彼に何と呼びかけたのだ⁉　ヒルメスはアンドラゴラスの甥《おい》であって弟などではない。

ヒルメスのおどろきを無視して、アンドラゴラスは力強い歩みを踏みだした。ヒルメスが長剣の柄に手をかけるのを見ながら、べつに感興をもよおしたふうでもない。

「殺しあうのはいつでもできる。だが、その前に話しあってみてもよかろう。いつぞや地下牢《ディーマース》で顔をあわせただけだからな」

直径一ガズ（約一メートル）の大理石の円柱に、アンドラゴラスは巨体をよりかからせた。甲冑のひびきがヒルメスの耳にさわる。

ヒルメスは気押《けお》されていた。昨年アトロパテネの野でアンドラゴラスを囚《とら》えて以来、ヒルメスはつねに優位に立っているつもりだったのに。

「そもそもの淵源《えんげん》は、わが父、大王ゴタルゼス陛下の御代《みよ》にさかのぼるのだ」

アンドラゴラス王が話しはじめたとき、ヒルメスはさまたげようとしなかった。何かえたいの知れぬものが、粘つく手で彼をおさえつけていたのである。彼は剣の柄にかけた手をそのままに、生きた彫像と化して立ちつくしていた。

「ゴタルゼス陛下は大王と呼ばれるにふさわしい御方であったが、ひとつ欠点がおありだった。予がいまさら口にすることもないが、とにかく迷信深い御方でな」

それはたしかに有名な事実だった。ゴタルゼス大王は即位して以後、力強さと聡明さをかねそなえた名君として業績をあげた。外敵の侵入を四度にわたってしりぞけ、街道と用水路を整備し、王立学院を拡張して学芸を保護し、裁判官や地方総督にすぐれた人物を登用した。強欲な諸侯を改易し、無実の者を牢獄から解放し、災害のときは民衆に食物や薬を与えた。

人々からたたえられる名君も、だが、いつのまにか衰えた。信頼すべき武将や官吏《かんり》より、えたいのしれぬ予言者や呪術師の意見に耳を貸すようになった。だいじな失せ物を見つけてもらったからという。不利だと思いこんでいた戦いの勝利を予言され、そのとおりになったからだともいう。いずれにしても、国政や兵事の実権は、まともな人々の手から離れていった。忠告した将軍のひとりが、国王の怒りにふれ、罪を着せられて殺されると、もはや他の者は口をつぐむか、王宮を去っていった。

「人の心の黄昏《たそがれ》に踏みこんでくる魔性の者どもがおるのだ」

アンドラゴラスの声に、にがいひびきがこもった。彼は迷信をきらい、自分の即位後に、あやしげな予言者を手ずから斬りすてたこともある。偉大な父王が心の勁《つよ》さを失い、凡庸な迷信家に落ちぶれていくありさまを見て、若いころのアンドラゴラスは歯ぎしりしていたのである。後に、ダイラム領主ナルサスの忠告を受けいれず、彼を王宮から追い出すことになるアンドラゴラスだが、このときは国と父のことを真剣に憂《うれ》えたのだった。

アンドラゴラスの兄オスロエスは、弟よりも、父王に従順で、むしろご機嫌をとるようなことをしていた。だが、それも、一夜でひっくりかえった。オスロエスの妃《きさき》を、父王が求めたからだ。オスロエスには子をつくる能力がないと呪術師がいったらしい。パルスの王統を血によって守り、受けつがせるためには、直系の子が必要であった。オスロエスは父を憎みつつも、その要求を拒むことができなかった。全身をわななかせ、目を血走らせながら、彼は自分の妻を父王に差し出したのだ。

声もなくヒルメスは聞きいっている。彼はどなりたかった。「嘘《うそ》だ」とわめきたかった。「でたらめだ」と決めつけて、火を吹く悪竜のように虚言を吐きちらすアンドラゴラスの口に、剣をたたきこんでやりたかった。だが、どれもヒルメスにとっては不可能なことであった。指一本も動かせぬヒルメスに向かって、アンドラゴラスは話をつづけた。

「予と兄は相談した。そしてひとつの結論に達したのだ。大王と呼ばれた人の名声が、ことごとく無に帰するのを、手をこまねいて見るより、その名声を守ってさしあげようとな」

「……………」

「この意味がわかるか、ヒルメス」

アンドラゴラス王の唇がまくれあがり、強靭な歯が白く光った。ヒルメスは口をわずかにあけたきり、やはり声を出すことができぬ。そのことを予測していたらしいアンドラゴラスは、返事を待たず、すぐに話をつづけた。

「わからねば、はっきり教えてやる。兄と予は、父たるゴタルゼス大王を、ひそかに弑《しい》したてまつったのだ」

このときアンドラゴラスの声はあまりに低く、ほとんどささやくようであった。

「父殺しではある。だが、いっておくぞ。熱心だったのは、予より兄オスロエスのほうだった。それも当然のこと。兄は自分の妃を父王に奪われたのだからな」

「ち、父が……」

ようやくヒルメスが声をしぼりだすと、アンドラゴラスは唇の左端だけをつりあげて彼を見すえた。

「おぬしが父と呼んだのは誰のことだ。ゴタルゼス大王か、それともオスロエス五世か。これより将来《さき》、おぬしは誰を父と呼んで自分の正体をたしかめるつもりだ」

「だ、だまれ！」

ヒルメスは声をおののかせた。彼の手は剣の柄にかかったまま、なお、それを引きぬくこともできず、離すこともできなかった。一歩でも動けば、彼の過去は音をたてて崩壊してしまいそうな気がして、ただ彼は立ちつくしていた。彼の脳は煮えたぎり、爆発しそうだった。


アンドラゴラス王とヒルメス王子との間に、おぞましくいとわしい王宮秘話がかわされているころ。すでに夜は深かった。心ならずも地下水道を出て自分の天幕にもどった双刀将軍《ターヒール》キシュワードは、鳥のはばたきを耳にした。天幕の一部をあけると、勢いよい生物の影が飛びこんできて、嬉しさに耐えかねたように主人にまつわりついた。告死天使《アズライール》という名の鷹《シャヒーン》であった。

むろんキシュワードは仰天した。

「王太子殿下、なぜこのような場所に……！」

告死天使《アズライール》あるところ王太子あり。あるいはその逆か。天幕をくぐって姿をあらわしたのは王太子アルスラーンとその一党であった。それまで無人であった天幕は、たちまち人で埋まった。

アルスラーンは手早く事情を説明した。ザラーヴァントとジムサが彼のもとに帰参したこと。アトロパテネの野でルシタニア軍を破り、王弟ギスカール公をマルヤムに追放して、侵略者を一掃したこと。国王におめにかかりたくてここまでやってきたこと。それらについて語った。キシュワードは大きくうなずいた。

「それはそれは、国民《くにたみ》のためによいことをなさいましたな。ですが、御身にけがなどございませんでしたか」

「私は立っていただけだ。戦ってくれたのはみんなで、私はみんなに守られていたよ。大丈夫、けがひとつしなかった」

こういうとき、アルスラーンは悪びれない。ナルサス卿の教育で、王者の義務というものをわきまえておいでなのだな、と、キシュワードは思う。

「それにしても、よく陣地を通りぬけてこられましたな」

「トゥースがつれて来てくれたのだ」

そういわれて、キシュワードは、はじめて気がついた。無口な鉄鎖術の達人が、無言のままに天幕の入口にたたずんでいる。さらにアルスラーンは告げた。

「イスファーンも手伝ってくれた。兵士たちの注意をそらすため、べつの方角に出動している」

「いやはや、わが軍は裏切り者だらけですな」

キシュワードは冗談めかしたが、アルスラーンの才能に舌を巻く思いだった。士心《ししん》をえるという才能である。アルスラーンに接すると、多くの者が、この人をもりたてていきたいという気分にさせられるのだ。君主として、まことにえがたい資質であるだろう。

キシュワードは、自分たちのがわの事情を説明した。アンドラゴラス王はヒルメス王子と語りあうためと称して、すでに単身、入城している。王太子が国王と会うことはかなわぬであろう、と。

「では母上にお会いしたい」

「殿下……」

キシュワードが絶句した。これはアルスラーンとしては当然の欲求なのだが、母君である王妃タハミーネがアルスラーンに対して情が薄いことを、誰もが知っている。ためらうキシュワードの耳を、不意に女の声がたたいた。

「とめることはないでしょう、キシュワード卿。王太子が会いたいと申しているのです。妾《わたくし》も会って話しあいたいことがあるゆえ」

その声の主を知って、キシュワードは小さく身ぶるいした。むろんそれは王妃タハミーネであった。ヴェールで顔をつつんだ彼女が、天幕の入口にたたずんでいたのだ。トゥースがいそいで入口の位置をあけ、一同はひざまずいたが、ギーヴひとりがやや遅れた。

ギーヴは皮肉な視線で王妃の顔をながめたが、ヴェールにつつまれた王妃の顔は、表情を隠し去っていた。王妃は一同に対して一言も発しはしなかったが、彼女の要求は明らかであった。キシュワードが手ぶりで一同をうながし、アルスラーンの部下たちは退出した。天幕のなかに、王妃タハミーネと王太子アルスラーンが残された。

Ⅳ

キシュワードの配慮で、アルスラーンの部下たちは隣の天幕に身をうつした。トゥースは自分の陣地にもどり、天幕の周囲はキシュワード自身が選りすぐりの兵士たちをもってかためた。これはむろん王太子一党の身を守るためだが、同時に、彼らを封じこめる鉄環《てつかん》ともなりえる。キシュワードの人格とはべつに、事情が急変するという場合はいくらでもあるのだ。生死の境界を実力で突破してきた戦士たちの認識は、甘くはなかった。

「いざとなれば斬り破るまでだ」

自分の一剣をもって王都の城壁を鮮紅色に塗りあげてくれる。その決意が、ダリューンにはある。たとえアンドラゴラス王であろうと、もはや遠慮はせぬ。ダリューンは長剣の剣環を一度鳴らしたきり、彫像のようにすわりこんで動かなくなった。

ダリューンと対照的に、よく動きまわる者もいる。流浪の楽士と自称するギーヴは、そもそも天幕にはいらなかった。移動する一同のなかから、音もなくするりと抜け出して、アルスラーンたちのいる天幕に忍びよった。布一枚をへだてて内部のようすをうかがい、片耳を押しあてる。不意に肩をたたかれて、ギーヴは全身をこわばらせた。大声を出すこともできず、あわてて振りかえると、「うるわしのファランギースどの」がたたずんでいる。

「立ち聞きとは、優美ならぬ趣味じゃな。こちらへ来ておとなしくしているがよい。ダリューン卿をみならって」

「しかしだな、ファランギースどの。あの母子《おやこ》がいったいどういう表情《かお》でどういう話をするか。おれの無邪気な好奇心が知識を欲してやま……いたたた！」

ギーヴの耳は、ファランギースの白い指につまみあげられて、彼の長身は半ば吊りあげられてしまった。

「邪気のかたまりのくせに、無邪気などという言葉をお手軽に使うでない。母子の対面を邪魔するのは無粋《ぶすい》というものじゃぞ」

「つつ……ファランギースどのは、かの王妃さまをご存じないゆえ、そのようにおっしゃる。おれはアルスラーン殿下の身を案じればこそだな」

「存じておる」

ファランギースはあっさりといった。

「わたしのつかえていた神殿は、アルスラーン王子ご誕生のおりに王室より寄進されたもの、と、そう申したであろうが」

それ以上はいわず、ファランギースはギーヴの耳をつまんだまま自分たちの天幕に歩いていった。そのありさまを見た兵士たちは、半《なか》ばは笑い、半《なか》ばは奇異の目を向けている。

天幕のなかにいるアルスラーンは、外に人声を聴きはしたものの、注意は向けなかった。母親との再会のほうが、はるかに重要であった。ぎごちない、居心地の悪い沈黙は、タハミーネ王妃によって破られた。

「アルスラーン、りりしくおなりだこと。見ちがえるようです」

「母上もお元気そうで何よりです」

母親も息子も礼儀ただしかった。礼儀とは、社会の人間関係をなめらかにする古来からの知恵であるはずだ。だが、この場合、礼儀は目に見えない壁となって、母子の間に立ちはだかったようだった。

それがアルスラーンの落ち着きを、かえって強化した。涙とともに母が抱擁《ほうよう》してくれたら、アルスラーンは嬉しかっただろう。だが、同時に、狼狽《ろうばい》してしまって、心ひそかな決意を乱し、どうしてよいかわからなくなっていたであろう。母の態度を見て、「ああ、やっぱり」とアルスラーンは思い、心の準備をととのえることができた。

「アルスラーン、そなたは妾《わたくし》の子ではありません」

投げかけられた声は、アルスラーンの心を撃《う》ち砕《くだ》くことはなかった。最悪の想像は、最悪の事実になった。アルスラーンは取りみだしはしなかった。だが、心は撃ち砕かれはしなかったものの、冷たい水が浸《し》みとおるようにアルスラーンは魂《たましい》が冷えるのを感じずにいられなかった。呼吸と声調をととのえて、彼はふたたび口を開いた。

「あるいはそうではないかと思っておりました。では、私のほんとうの親は誰なのでしょう。ご存じでいらっしゃいますか」

「妾《わたくし》の知るところでは、母親は名もない中ていどの騎士の娘《むすめ》であったそうです」

その娘は、やはり中ていどの騎士と結婚して子を産んだ。もともと病弱な女性で、子を産んだ十日後、自分は力つきて息をひきとった。死ぬとき、乳児《あかんぼう》に乳をふくませていたという。とほうにくれていた若い父親は、王宮からの使者の訪問を受け、わが子を差し出した。彼は金貨《デーナール》の報賞を受け、百騎長に出世して戦場に出、そして帰ってこなかった。家門は断絶し、小さな家はこわされて、跡地にべつの家が建った。すべては忘れられるように細工され、忘れられていった……。

「そうでしたか。はっきりしていればいいと思ったのです。宙ぶらりんになっているのが嫌だったのです。でも、これで落ち着きました」

大きく息をついて、アルスラーンは王妃をまっすぐ見つめた。アルスラーンはこれまで他人に顔を隠したことはなく、これからもけっしてないであろう。

「つまり私はパルス王室の血を引いてはおらず、王位を要求する資格はないのですね」

「ええ、そうです」

「それにしても、なぜ、子を入れかえるようなことになったのですか」

「その子が女だったからです」

ああ、そうだったのか。アルスラーンは得心《とくしん》した。ひとりの子を出産した後、タハミーネは身体《からだ》を害《そこな》い、二度と出産できぬ身となった。パルスでは女児に王位継承権はない。アンドラゴラスは愛する王妃の政治的な立場を守るために、子を入れかえたのだ。あるいは、後日、他の女性に男児を産ませる気があったのだろうか。

「では母上のほんとうの御子《みこ》はどこにいるのですか」

「母上」という呼びかたは、もはや正しくはないであろう。だが他にどういう呼びかたをしてよいかわからないので、しかたなかった。タハミーネも、ことさらに異議をとなえようとはしなかった。

「どこにいるのか妾《わたくし》にもわかりません。幾度も国王陛下にお尋《たず》ねしましたが、教えてはくれませんでした」

怒りきれない怨《うら》みといらだちを、アルスラーンは王妃の声に感じとった。タハミーネは亡国の女性だった。生まれ育った国をアンドラゴラスに滅ぼされ、征服者たちの一方的な愛を受ける身となりながら、「不祥《ふしょう》の女である」と非難された。タハミーネはいつも待っていた。バダフシャーン公、パルス国王、ルシタニア国王。望みもせぬ愛を押しつけられながら彼女は待っていた。何を待っていたのか。彼女にもたぶんわからぬままに。

「アルスラーン、そなたを憎むのは筋がちがう。そのことはわかっております。でも妾《わたくし》は、目に見えるものを憎むしかなかった」

タハミーネの声が揺れた。感情を持たぬ女性であるとさえ思われていた彼女は、けっしてそうではなかった。

「アルスラーンを見るたびに、自分の子はどこでどうしているのか。そう思うと、耐えられぬ気分でした。かわいそうな子。かわいそうな妾《わたくし》の子！」

タハミーネの歎《なげ》きを、アルスラーンは凝然《ぎょうぜん》と見つめていた。私だってかわいそうだ、そう思わぬでもなかったが、それは口に出さなかった。すくなくとも、アルスラーンには忠実な友が幾人もいてくれる。王妃には、失った子供以外に誰もいなかったのだ。そして、タハミーネの子は、ほんとうに気の毒だった。

なおひとつ確認しておかねばならぬことがあった。アルスラーンを育ててくれた乳母夫婦のことだ。葡萄酒《ナビード》の中毒で死んだ彼らは、ほんとうに偶然の死だったのか。

「やはり殺されたのですか」

「そうです。後日、紛糾の種とならぬように」

王妃の言葉が冷たく心に浸《し》みこんできた。アルスラーンの脳裏に、過去がよみがえる。乳母たちの手で育てられた幼い日。温かい血のかよった乳母の手。それが突然たちきられて、豪奢《ごうしゃ》で冷たい運命がアルスラーンに押しつけられた。王位のために。王家の安泰《あんたい》のために。アルスラーンは軽いめまいを感じた。彼はつぶやいた。

「では、もし私が王位につくことができなかったら、私のために死んだ人たちはどうなりますか」

アルスラーンは無意識のうちに片手を握りしめていた。彼自身おどろいていたのだが、このとき彼を駆りたてていたのは怒りだった。胃が灼《や》けつくような激情に、アルスラーンは耐えなくてはならなかった。

「勝手なことばかりいわないでくれ！」

そうどなりたかった。母と信じていたタハミーネに対してではない。タハミーネもまた犠牲者であったにちがいないのだ。だが、逆にいえば、タハミーネだけが犠牲者というわけではなかった。アルスラーンはどうか。彼のほんとうの両親はどうか。乳母たちはどうか。アルスラーンを真実の王太子と信じて戦場で斃《たお》れていった兵士たちはどうか。

それほど多くの犠牲をはらってまで、王家の血とは守らねばならぬのか。王家の血を守るために、多くの無名の人々が殺されたり滅ぼされたりするのは当然のことなのか。そうだとはアルスラーンには思えなかった。

「アルスラーン……？」

王妃タハミーネの表情も声も、やや不分明なものになっていた。アルスラーンの反応が、彼女にとっては意外だったのだ。アルスラーンがもっと取り乱し、わめきたて、逆上して王妃に飛びかかるのではないか。そう思っていた。そしてそのことを王妃は口にした。

「妾《わたくし》を責めないのですか、アルスラーン」

そう問いかけられて、アルスラーンは、晴れわたった夜空の色の瞳を王妃に向けた。王妃はさらにいった。

「どんなに責められてもしかたないと思っていました。そなたが妾《わたくし》に飛びかかって殴りつけてもしかたない、甘んじて受けようと思っていたのですが」

その言葉を聞いて、アルスラーンはさとった。この美しい女性が、ついにアルスラーンという一個の人間を理解してくれなかったことをさとった。タハミーネがいったことは、彼女自身の、彼女なりの誠実さであったろう。だが、それは、まったく彼女が、アルスラーンという人間を知ろうともしなかった事実を証明するものであった。この場にダリューンがいれば、「王太子殿下が、母と呼んだ御方《おかた》を殴るような方とお思いか」と怒《いか》って叫んだことであろう。アルスラーンは自制した。両眼をとざし、それを開いたとき、彼はもう迷いもためらいもしなかった。

「母上、お別れを申しあげます」

アルスラーンは微笑した。哀《かな》しみも歎《なげ》きも、怒りも怨《うら》みも、けっして見せまいと思った。とすれば、少年にとっては、笑ってみせるしかなかったのである。

「今後お目にかかれるかどうかわかりませんが、もう母上とお呼びすることはございません。これまでそう呼ばせてくださって、ありがとうございました。どうかご壮健で、ほんとうの御子とご再会なさいますよう」

深く深く一礼し、顔をあげるのとほとんど同時に、アルスラーンは身をひるがえした。タハミーネは声をかける暇《いとま》もなく、天幕を走り出る少年の後姿を見送った。このとき彼女は、アルスラーンという人間の一端に触れたかもしれない。だがそれはほんとうに一瞬だけのことであった。

天幕を走り出たアルスラーンは、黄金の冑に暁《あかつき》の最初の蒼《あお》ざめた光を反射させながら、彼を迎えた部下たちに出立を告げた。

「いずこへ行くとおおせありますか、殿下」

ダリューンの問いに、乗馬に飛び乗ったアルスラーンが答える。

「デマヴァント山へ」

その名を聞いて、馬にまたがった一同が息をのんだ。アルスラーンは語をつづけた。

「デマヴァント山へ赴《おもむ》いて、宝剣ルクナバードを探す。もしそれが、王位を継承する資格の証《あかし》であるなら、私はそれを手に入れる。そしてパルスの国王《シャーオ》になる！」

「よくぞおおせられた。このギーヴが案内役をつとめさせていただきますぞ」

ギーヴの声がはずむ。喜ぶと同時に、けしかけるようなひびきもあった。地上にたたずむキシュワードに別れの挨拶《あいさつ》を投げかけると、アルスラーン以下九騎は暁の空の下を駆けはじめた。

陣地を通過した直後、馬上、ダリューンが友に語りかけた。

「おぬしの考えどおりになったな、ナルサス。殿下はご自分がパルスの王位につかねばならぬと決心なさった。正直どうなることかと思っていたが、いつもながら、おぬしの深慮《しんりょ》遠謀《えんぼう》にはおそれいる」

「じつは、かならずしも自信はなかった」

告白するナルサスの表情は、いたずらこぞうのようでもあった。アルスラーンが国王に会うために陣地を訪れたいと相談したとき、ナルサスはそれに賛成してダリューンをおどろかせた。その件について、ふたりは語っているのだ。

自分がパルス王室の血を引いていないという事実を、国王ないし王妃の口からアルスラーンは知ることになる。そしてその後どうふるまうか。王者の証《あかし》たる宝剣ルクナバードを手に入れるために、決然として魔の山デマヴァントへ赴くか。それとも世をはかなみ、黄金の冑をなげうって僧院にでもはいるか。

後者であれば、アルスラーンひとりだけ心の平安はえられるかもしれぬ。だが、それによって他の者は誰ひとり救われぬ。奴隷《ゴラーム》の解放もおこなわれず、より公正で清新な社会が生まれる可能性も遠のいてしまう。アルスラーンが、押しつけられた運命に屈伏するか、あるいはそれをはねのけるか。ナルサスにとっても、これはひとつの大きな試練であった。

ナルサスの横で馬を走らせるエラムは、軍師たちの対話を聞きながら、先夜、ふたりでかわした会話を想いおこしていた。

「エラムよ、どれほど強大な王朝でも、三百年もつづけば充分だ。人は老いて死ぬ。樹木も枯れる。満ちた月は欠ける。王朝のみが永遠であるなどということはありえぬさ」

そうナルサスはエラムに語ったのだ。大国の興亡といい、王朝の興亡という。「興」があれば「亡」がある。それは一体のものであって、「興」だけが存在することはありえない。万物は滅びるものなのだ。この天地さえ、いつかは。

「では人の営為《いとなみ》というものは虚《むな》しいものなのですか」

エラムには、それが気になる。だが、ナルサスは笑って、「それはちがう」といった。かぎりある生命であるからこそ、人も国も、その範囲で最善をつくすべきなのだ。聖賢王ジャムシードも死んだ。英雄王カイ・ホスローも死んだ。だが彼らの名と、彼らがやったことは、人々の記憶に残り、語りつがれていくだろう。そしていつか、彼らの志《こころざし》をしたい、彼らの事業を受けつごうとする者があらわれる。その意味でこそ、ジャムシード王もカイ・ホスロー王も不死なのだ。

「アルスラーン殿下も、不死の王となられる可能性がある。おれはそれに賭ける」

そうナルサスは断言した。

「おそらく殿下は王家の血をひいておられぬ。だが血統を信仰するなど愚《おろ》かしいことだぞ、エラム。われわれは聖賢王ジャムシードの名を知っている。だが、ジャムシードの父親の名を知っているか？」

エラムは答えられなかった。

「英雄王カイ・ホスローは歴史上に比類ない英雄だった。それでカイ・ホスローの父親はどうだった？」

カイ・ホスローの父親についても、エラムは知らなかった。赤面するエラムの肩を、笑ってナルサスはたたいた。

「英雄の子ならかならず英雄。名君の子ならかならず名君。人の世がそのように定まって動かぬとすれば、まことにつまらぬ。だが、事実はそうではない。だからこそ、生きているのがおもしろいというものさ」

……エラムは、右前方に馬を走らせるアルスラーンの後姿を見やった。冑が夜明けの光にかがやいたとき、エラムは不意に胸が熱くなるのを感じた。歴史の可能性を背負った少年が、エラムのすぐそばにいるのだ。

「殿下、アルスラーン殿下！」

「何だ、エラム？」

アルスラーンがわずかに乗馬の足をゆるめたので、エラムは王太子と馬を並べた。

「ずっと殿下のおともをします。させていただけますか、私は名もない解放奴隷の子にすぎませんが……」

すると、アルスラーンは、左手を手綱《たづな》から離し、それをエラムに向かって伸ばした。

「私も名もない騎士の子だ。でも、身にあまる望みを持ってしまった。望みをささえるのに、エラムが手伝ってくれたら嬉しいな」

馬上でにぎりかわされる手を、さらに後方から、雄将と智将が見やり、こちらは視線をあわせてうなずきかわしたのであった。

V

エクバターナの王宮では、アンドラゴラスとヒルメスとの会話がつづいていた。希望や明るさとは無縁《むえん》の会話である。

会話といっても、語るのはアンドラゴラスがほとんどであった。彼の話は、即位の事情にもおよんだ。オスロエス五世の急死、アンドラゴラス三世の登極、そしてヒルメスの「焼死」へとつづく混乱の真相である。オスロエスは病死であった。アンドラゴラスは兄王を殺しはしなかった。熱病による死を、ひややかに見守っただけである。だが、兄王の臨終寸前の願いはきいた。オスロエス五世は弟の手をにぎってささやいたのだ。

「もう、いたしかたない。何もかもお前にくれてやる。だが、これだけは聞きとどけてほしい。ヒルメスを殺してくれ。あれは私の子ではない。国王としての義務と思うて、あれを子として遇してきたが、もはやその必要はない。あれを実の父親のもとに送りとどけてやれ。あのような呪われた子を生かしておくな……」と。

アンドラゴラスが口を閉ざすと、ヒルメスは鉛色に化した顔を片手でおおった。激しい息づかいとうめき声をくりかえし、ようやく手をおろすと、かすれた声をしぼりだす。

「アンドラゴラス、きさまのいったことが仮に事実だとしても、おれがパルスの王族であり、英雄王カイ・ホスローの子孫であることに変わりはない」

「そのとおりだな」

アンドラゴラスは悪意をこめてうなずいた。ヒルメスがどのような思いで言葉を口にしているのか、充分に彼は承知していたのだ。そしてそれはヒルメスにもわかった。

「信じるものか」

ヒルメスは歯がみした。

「きさまのいうことなど信じぬ。どうせきさまの告白には、自分をかばう心算がふくまれているにちがいないからな。誰がうかうかと信じるものかよ！」

「勝手にするがいい。月が太陽より明るいと信じるのも、犬が象より大きいと信じるのも、おぬしの自由だ。予は事実を語っているだけのこと」

「……なぜそのようなことを、おれに教えたのだ」

「知りたかろうと思うてな。ふふふ……半年も鎖につながれれば、多少の報復《おかえし》をしたくなるのも当然。もっとも効果があるのは、事実を告げることだ。だからそうしただけのことよ」

アンドラゴラスは、ことさらに勝ち誇ったようすではなかった。だが、その一言ごとに、ヒルメスは鉄鎚《てっつい》をたたきつけられる思いがする。すさまじいまでの敗北感と孤独感が、足もとの床を石から砂に変え、彼を押し流してしまいそうだった。彼は強烈な圧迫感に耐えながら、ひとつのことを想《おも》いだした。彼は柄《つか》にかけた手の指を、努力して屈伸させつつ口を開いた。

「おれの心にひっかかっていたことがあった。おいぼれのバフマンめが、ペシャワールの城壁の上で口にしたことだ」

昨年の冬の一夜、寒風吹きすさぶペシャワールの城壁上で、ヒルメスは四人の雄敵に包囲された。ダリューン、キシュワード、女神官《カーヒーナ》、そしてへぼ詩人。四人の持つ五本の剣が、銀色の波をつらねて迫ったとき、老将バフマンの沈痛な叫びが一同を凍りつかせたのだ。

「あの方を殺してはならん。パルスの王統がとだえてしまうぞ」と。

そのときは、雄敵たちの剣尖《けんさき》から逃れるだけで精いっぱいだった。脱出を果たしてから、いたバフマンの叫びを想いおこしても、さして気にはとめなかった。ヒルメスの正体を知っていたバフマンがそう叫ぶのは当然だと思っていたのだ。だが冷静に考えれば、不思議な言葉ではなかったか。ヒルメスが死んでも、アルスラーンが生きていれば、パルスの王統が絶えるはずはないではないか。バフマンは錯乱《さくらん》していたのだろうか。いや、彼は心理的に追いつめられて、真実を叫んだのだ。そこからみちびきだされる結論はただひとつ。アルスラーンは王家の血をひいていないということだ！

「アルスラーンめの正体は何だ」

ヒルメスはアルスラーンをむごたらしく殺してやるつもりだった。仇敵《きゅうてき》たるアンドラゴラスの血を引く者と思えばこそだ。だが、もしアルスラーンがアンドラゴラスの子でないとしたら？

「欲の深い奴め。おぬしには、おぬしの正体をちゃんと教えてやったではないか。このうえ他人の正体を知ってどうしようというのだ」

アンドラゴラスは身体《からだ》を動かした。甲冑が音をたてぬ。それほどにアンドラゴラスの身動きはなめらかであった。獅子《シール》の動きにひとしく、それは危険なものであった。アンドラゴラスの動きと、その危険とに気づいたヒルメスも、たしかに凡物《ただもの》ではなかった。謁見《えっけん》の間に殺気が満ち、音もなく爆発した。

どちらが先に抜いたか、二本の剣が閃光を発してぶつかりあった。兇暴《きょうぼう》に噛みあった刃は、残響のなかで離れ、ふたたび激突した。

玉座と階段をめぐって、ふたりのパルス王族は剣を撃ちかわした。兄と弟か、叔父《おじ》と甥《おい》か、いずれにせよ英雄王カイ・ホスローの血をひく者どうしが、余人をまじえず斬りあったのだ。勝敗は容易に決しなかった。アンドラゴラスはヒルメスの右側面にまわりこもうとした。ヒルメスの右半面が布に隠されているので死角にまわろうとしたのだ。むろんヒルメスはそうはさせじとばかり、鋭い剣尖《けんさき》でアンドラゴラスの動きを封じこんだ。斬撃《ざんげき》と防御とが、めくるめく速さで交替する。はてしもないかと思われた決闘は、冷酷な嘲弄《ちょうろう》の声によって、にわかに中断を強いられた。

「ひさしいの、アンドラゴラス。ゴタルゼスの世に会《お》うて以来じゃ」

その声が陰々とひびきわたり、目に見えぬ冷たい掌《てのひら》でアンドラゴラスとヒルメスの頸《くび》すじをなでた。反射的に両雄は跳びはなれた。このときすでに彼らは五十合を撃ちあっていた。

彼らにとって、三人めの男はまったく突然にあらわれたように思われた。それまで無人であった空間に、人影が出現したのだ。階段の上、玉座の隣。暗灰色の衣につつまれた人物であった。その姿を確認して、アンドラゴラスは低くうなった。

「ばかな……！」

巨大な岩盤のごとく、揺らぐことのなかったアンドラゴラス王が、はじめて動揺したのである。だが、ヒルメスがつけこむ隙は、ついに与えなかった。

「あれは三十年も昔のこと。かの魔道士は、そのときすでに初老であった。生きておるにしても、よほどの老齢になっておろう」

アンドラゴラスにそう決めつけられた魔道士は、つややかな若々しい顔のなかで唇を三日月形にした。

「おどろくにはあたらぬ。わしは人妖《ばけもの》ゆえな、歳月の古《ふ》りようが常人とはいささか異なるわ」

魔道士は薄く笑った。その笑いに、どれほど邪悪で、しかも真剣な喜びがこめられていたことであろう。

「おぬしら、旧知だったのか」

ヒルメスの、あえぐような問いかけが、さらに魔道士の嘲弄を呼んだ。

「わしはパルスの王室が好きでな、幾人も旧知の者がおる。生き残ったのは、おぬしらふたりだけだがな。ゴタルゼス王も、オスロエス王も、ようわしのいうことを聞いてくれたものよ」

「きさま、いったい誰の味方だ!?」

ヒルメスの詰問《きつもん》は、彼の立場では当然のものであったが、魔道士は完全に無視した。答える気にもなれなかったのであろう。魔道士の忠誠心は、地上の者に向けられたものではなかったのだ。

「そんなことより、ヒルメス王子よ、教えてやろう。アルスラーンの正体をな」

そして魔道士が語ったのは、アルスラーンが王妃タハミーネの口から聞いたことと同じ内容であった。

「するとアルスラーン王太子には王家の血は一滴も流れていないのか」

うめくようなヒルメスの問いに対して、魔道士は、暗灰色の冷笑で応じた。

「一滴や二滴ぐらいは流れておるやもしれぬな。カイ・ホスロー以来十八代、庶子《しょし》もおれば落胤《らくいん》もおろうて。だが、すくなくともアルスラーンは、公認されるべき王家の正統な血をひいておらぬ」

非情な宣告は、明らかに下された。この瞬間、アルスラーンは、血統による王位継承権をまったく否定されたのである。ヒルメスは低くうめいたが、アンドラゴラスは白々しい表情で沈黙を守っていた。沈黙を守ったまま、彼はいきなり動いた。巨体が躍りあがり、幅の広い光が魔道士めがけて薙《な》ぎこまれた。

　魔道士の姿は消失した。

　一瞬の空白を置いて、その姿は三十歩ほど離れた円柱の前にふたたび出現した。暗灰色の衣が、深く大きく、刃《やいば》に斬り裂《さ》かれている。そこに手をあてて、魔道士は立ちすくんだ感があった。アンドラゴラスが大股《おおまた》に歩みよる。尖端《せんたん》に衣の繊維をつけた大剣をかまえて。

「待て、アンドラゴラス！」

　魔道士の声が微量《びりょう》の狼狽をふくんだ。異様に血色のよい手が、暗灰色の衣をつかんだままである。

「汝《なんじ》の実《じつ》の子に会いとうはないのか。汝の実子の所在を知るのは、わしだけだ。わしが死ねば、汝は永久に実子に会えなくなるぞ」

　このときヒルメスは、どちらに味方することもできず、剣を片手に立ちつくしたままである。アンドラゴラス王の声が重々しくひびいた。

「まことにわが子であるなら、どのような境遇にいようと、かならず実力をもって世に出るであろう。汝などに運命を左右される柔弱者《にゆうじやくもの》であるなら、生きていたとて詮《せん》なきことよ。無名のままに死ねばよいのだ」

さすがに豪毅《ごうき》の国王《シャーオ》と呼ばれた男であった。アンドラゴラスは魔道士の陰湿な脅迫を、みごとに一蹴してのけたのである。アンドラゴラスを憎悪してやまぬヒルメスでさえ、感歎せずにいられなかった。

そのとき、謁見の間の外で甲冑と軍靴《ぐんか》の音が湧きおこった。ヒルメスの安否を問いかける、太い声がする。異変をさとったザンデが、部下をひきつれて押し寄せたのであった。

第五章　永遠なるエクバターナ

I

アルスラーンの運命は押しつけられたものであった。名もない騎士の家に生まれた彼は、生後十日で母を失った。父は戦場から帰らなかったが、これは明らかに、口封じのため戦死をよそおって殺されたのである。

その後、十二歳になるまで、アルスラーンは一時期をのぞいてずっと乳母夫婦のもとで養育された。押しつけられた運命のなかで、善良な乳母夫婦の存在が、アルスラーンを救ったといえる。アンドラゴラス王も、ことさらアルスラーンを不幸にする気はなかったのである。アルスラーンの身分は、アトロパテネ会戦の直前まで安定せず、本人の知らぬところで、王太子を廃するような動きもあった。もしルシタニア軍の侵入がなければ、アルスラーンが国王《シャーオ》の出陣にしたがうこともなかったかもしれない。

これらの事情のすべてが、他人のつごうによってアルスラーンに押しつけられたものであった。

多くの者が信じたように、アルスラーンが脆弱《ぜいじやく》な若者であったら、重い運命の軛《くびき》は、アルスラーンの背骨をへし折り、彼を滅ぼしたであろう。だが、アルスラーンは、周囲の誰もが想像していたよりはるかに、強靭《きようじん》な心を持っていた。

「殿下の心は、乾いた砂が水を吸うように知識と経験を吸収する。しかも、それにご自分の思慮《しりよ》を加えて、より濃いものになさる。何と、大地の豊かさを象徴するような方だ」

軍師ナルサスは、そういって、自分が王者の師として最高の弟子をえたことを喜んだ。先年まで彼は自分の弟子はエラムひとりと思っていたのだが、パルス全体の不幸と災難は、ひとりのすぐれた弟子をナルサスにもたらした。その点においては、彼はルシタニア軍に心から感謝している。

デマヴァント山の奇怪な山容が、十ファルサング（約五十キロ）の東北方に望まれる。その村に到着したアルスラーン一行は、馬を休め、食物を買いこんだ。かつてギーヴがデマヴァント山に単独行をしたとき、立ちよった村である。村にただ一軒の旅宿で、一同は食事をとることにしたが、そこの主人がギーヴをおぼえていた。何かおもしろい話はないか、とギーヴに問われて、主人は、ひとりの奇妙な男が村に住みついたことを話した。

その男は記憶を失ってこの村にあらわれたという。異国のものとおぼしき汚れた衣服をまとい、異国語としか思えぬ言葉をつぶやいていた。最初はまったく、六十歳をこした老人としか思えなかったのだが、三日ほど食事と休養を与えていたわると、その皮膚や動作は若さを回復した。どうやら四十歳には達しておらぬようだが、髪と髭の白さは老人そのままであった。

このようなことになったのには、何か深い事情があったにちがいないが、そもそも、おたがいの言葉が通じないので、確認することはできなかった。現在も、ごく初歩的なパルス語が通じるだけだが、その男は頑健《がんけん》で、なかなかよく働くので、村人たちも重宝《ちょうほう》に思い、彼に一軒の小屋を与えて住みつかせた。そしていまは、いろいろと村の雑用や力仕事をつとめ、「白鬼《パラフーダ》」という呼び名ももらっているという。

「異国人というと、トゥラーン人か、それともシンドゥラ人かな」

アルスラーン一行は興味をおぼえ、食事の用意がととのう前に、その男に会ってみることにした。ちょうど「白鬼《パラフーダ》」は、宿の裏庭で薪《まき》を割っているという。裏庭に出た一同は、すぐにその姿を見つけた。声をかけられて、「白鬼《パラフーダ》」はいぶかしそうに振り向いた。

「ルシタニア人だ」

エステルが目をかがやかせた。彼女がかけたルシタニア語に、めざましい反応があったのだ。やがて「白鬼《パラフーダ》」は食事の席に招かれ、葡萄酒《ナビード》と薄パンを口に運びながら、エステルの質問に、ぽつぽつと答えた。

「きちんとしたことは何もおぼえていないといっている。ただ、地面が揺れて、必死であの山から逃げだしてきたのは、どうやらたしからしい」

エステルが、そう通訳する。

「あの地震のことかな」

ギーヴが小首をかしげて記憶をたどった。宝剣ルクナバードをめぐってヒルメスと渡りあったとき、彼は巨大な地震にあった。ギーヴの人生でも、あれほど強烈な地震を経験したのは、はじめてのことだった。

「白鬼《パラフーダ》」は、エステルに向かってぎこちない笑顔をつくっている。言葉が通じる相手があらわれて嬉しいのであろう。ときおりエステルが質問すると、首を振ったり考えこんだりするのだった。

「おそらく騎士だろう」

そう観察したのはダリューンで、薪を割る「白鬼《パラフーダ》」の斧《おの》をふるう身ごなしに、単なる農夫出身の兵士などではないものを見ぬいたのである。とすれば、脱走したり、偶然に仲間とはぐれて迷いこんできたものとも思えなかった。騎士の身に、何ごとがおこったのであろうか。

「白鬼《パラフーダ》」の答えはぽつぽつであったし、エステルの通訳も水が流れるようになめらかにはいかなかったので、問答はあまり要領よくはすすまなかった。それがとぎれたのは、意外なことからだった。アルフリードが悲鳴をあげた。彼女の足もとをネズミが走りぬけた。そのネズミを追って、毒のない緑色の草蛇《くさへび》がすばやく床をのたくった。今度あがった悲鳴は、アルフリードの比ではなかった。「白鬼《パラフーダ》」は椅子を蹴たおし、部屋の隅にうずくまって頭をかかえこんだ。恐怖にみちたうめき声が、一同を呆然とさせた。ダリューンが問うた。

「いったいどうしたのだ」

「何か、たいそう恐ろしい目にあったらしい。落ちついて！　みんながあなたを守ってあげるから安心して……！」

言葉の後半はルシタニア語に変わって、エステルは必死に同胞をなだめた。

恐怖と苦悶に疲れはてたのか、やがて「白鬼《パラフーダ》」は気を失ってしまった。ダリューンとジャスワントが、彼の身体をかかえて小屋に運びこんだ。ナルサスが「白鬼《パラフーダ》」の脈をはかり、村人を呼んで、病人がめざめたときのために薬をあずけた。旅宿にもどりながら、エステルは当惑げに事情を語った。「白鬼《パラフーダ》」は何やら奇妙なものを見て、それが彼を恐怖させているらしい、というのである。

「奇妙なものというと？」

「地下で巨人に会った、その巨人は両方の肩から蛇がはえていたというのだ。何とも、子供の悪夢のような話で、笑ってもかまわないぞ」

エステルは肩をすくめてみせたが、パルス人たちは笑わなかった。臆病な者はひとりもいないのに、たがいに見あわせた顔には慄然たる寒気がたちこめていた。シンドゥラ人であるジャスワントをのぞいて、全員が知っていたのである。「白鬼《パラフーダ》」が見たものの正体を。

「ザ、ザッハーク……蛇王の……？」

元気のよいアルフリードが、顔色を失ってナルサスにしがみついてしまった。エラムも、それをとがめようとせず、青ざめた顔で身ぶるいした。パルス人は、生まれて歩きだすときにはすでに蛇王ザッハークの名を知っている。パルス人にとっては、恐怖の源泉であり、邪悪そのものの名であった。

ルシタニア人である「白鬼《パラフーダ》」はザッハークという名を知らぬ。だが、彼が見たものは、ザッハーク以外の何者でもないだろう。知らない者が見たゆえに、それは、先入観によって汚染されていない、たしかな事実なのだ。

もしザッハークが復活したとすると……。

ひとりで魔の山に踏みこんだ経験のあるギーヴでさえ、無意識のうちに胃のあたりをおさえた。異国人であるエステルやジャスワントも、何やらただならぬ雰囲気を感じとって沈黙していた。

アルスラーンも、わずかに顔色を失ったかに見えたが、ナルサスに、引き返すかと問われると、笑顔をつくって答えた。

「蛇王を討ったカイ・ホスローは、魔王でも魔道士でもなく、ただの人間だったな、ナルサス」

「さようです、殿下」

「では蛇王などを恐れることはない。私が恐れるのは、カイ・ホスローの霊が私を容《い》れてくださらぬ、そのことだけだ」

いや、じつはそのことさえも、アルスラーンは恐れてはいない。恐れても意味のないことだった。アルスラーンはナルサスにいって、村の長に一袋の金貨《デーナール》を託した。「白鬼《パラフーダ》」が今後、生活にこまることがないようにである。

食物の調達もすみ、村を出立するというときに、アルスラーンは部下たちにいった。自分は行くが、蛇王を恐れる者はここから引き返すように、と。むろん、それにしたがった者はいなかった。

「白鬼《パラフーダ》」の本名を、アルスラーンたちはついに知ることがなかった。彼はルシタニアの騎士ドン・リカルドといい、かつて王弟ギスカールに信任されていた人物であった。

II

デマヴァントの山域に進入したとき、ギーヴが一行の先頭に立ったのは当然であった。二番手はエラム。最後尾はダリューンがかため、一行は険《けわ》しい山道を騎行していった。山中にはいりこむにつれ、風は冷たくなり、空は暗さを増し、夏とも思えぬようすになる。吐く息さえ白く見えるほどだ。

「まったく、この山は気象と天候が急変する。善良なる者をたぶらかすこと性悪女のようだ」

ギーヴらしい感想を、ギーヴがもらした。かつて、単騎、魔の山に踏みこんだ大胆不敵なギーヴだが、今回は、後方にパルスきっての勇者たちがひかえているのが心強い。むろん、口に出したりはしなかったが。

女神官《カーヒーナ》のファランギースは、エラムとエステルにはさまれた位置で馬を進めていたが、形のいい眉をひそめてつぶやいた。

「精霊《ジン》たちが逃げてしまった。先ほどから、まったく気配をしめさぬ」

ファランギースが暗い空をあおいだとき、白絹のような頬に水滴が弾《はじ》けた。「雨か」というまもなく、数万本の細い線が、暗い天と暗い地をつないだ。港町ギランを出て以来、アルスラーンたちがはじめて出会う雨であった。慈雨とはいえない。たちまち強烈な雨勢となって、一同をたたきのめす。

雷鳴がとどろきわたり、世界は無彩色のなかに封じこまれた。甲冑が遠い雷光と近い雨に弾かれて、銀色にかがやきわたる。

「こちらへ！」

ギーヴが叫び、一同を岩壁下のくぼみへとみちびいた。九名の人間と九頭の馬、そして一羽の鳥を収容するだけの広さがあった。

雨はさらに強くなり、その日の騎行は断念するしかなかった。

一夜を明かし、わずかに弱くなった雨のなかを、さらに騎行した。あわや崖くずれにあって生き埋めになりかかり、断崖から馬もろとも転落しかけ、一度ならぬ危険にさらされて、二日がかりでようやくカイ・ホスローの神域にたどりついた。ここで馬をおりた。雨のあたらぬ岩蔭に馬たちを待たせて徒歩になる。一歩すすむごとに、風も雨もさらに強く激しくなった。地震のために裂け割れた大地の間からは泥水が噴き出してくる。

「あれが英雄王の墓だ……！」

そう叫ぶ声すら、風雨にひきちぎられそうである。アルフリードなど、けんめいに足を動かしても、一ガズ（約一メートル）すら進むことができず、かえって後退するありさまだ。道が上りになると、ほとんど滝をよじ登るようなもので、ひざまで泥に沈みこんでしまう。足をすべらせたアルフリードが、あわや水流に押し流されようとしたとき、エラムが彼女の手をつかんだ。アルフリードは雨と泥にまみれた顔をほころばせて感謝した。

「エラム、あんた、いい子ね。ナルサスとあたしの結婚式のときは、王太子殿下のつぎにいい席にすわらせてあげるからね！」

とたんにエラムが手を離してしまったので、ゾット族の少女は強風に押されて、あやうく後方へ宙がえりしてしまうところだった。ダリューンが腕を伸ばして、アルフリードの襟首《えりくび》をつかんだ。

ダリューンの豪勇も、ナルサスの智略も、この風雨の前には無力だった。ひたすら忍耐づよく、前に進むしかない。ギーヴでさえ、軽口をたたく余裕もなかった。ファランギースの黒絹の髪は雨を吸って、冑をかぶったほどに重そうである。

ようやく平坦な場所に達したとき、一同はしばらく起《た》ちあがることもできなかった。神域の中心に近いことを確認して、ギーヴがどうにか軽口をたたいた。

「やれやれ、どんな死にかたをするにしても、かわき死《じに》ということはなさそうだぜ」

「おぬしの場合、むだ口の海で溺死《できし》するほうが可能性が高かろう」

　ファランギースが皮肉っぽく応《こた》え、重そうに髪をゆらした。その傍《かたわら》で、アルフリードやエステルにいたわりの声をかけていたアルスラーンが、まっさきに立ちあがった。ナルサスやダリューンがつづいて立とうとすると、王太子は手をあげて制した。

「剣は道具にすぎない。それによって象徴されるものこそが重要なのだと思う。私ひとりで行くからここで待っていてくれ」

「殿下……」

「大丈夫だ。みんなのおかげでここまで来られた。またもどってくる」

　笑顔を雨に洗わせながらいうと、ためらいなく歩きだした。ナルサスが一同をうながして岩蔭にはいらせる。だがダリューンは雨に打たれたまま、その場を動こうとしない。

「ダリューン」

「おれはいい。殿下が雨に打たれておいでなのに」

「ダリューンよ、誰も手助けすることはできぬ。殿下おひとりの力で宝剣を手に入れねばならぬのだ。それこそがパルスの王者たる証なのだ」

「わかっている。わかっているからこそだ」

　ダリューンはうめき、雨の幕をとおして、ひたすら王太子を見守っていた。

「ルクナバード、宝剣ルクナバード……！」

晦冥《かいめい》する天地のなかで、アルスラーンは叫んだ。彼の姿は雷光に照らしだされ、人間というより、少年神の彫像《ちようぞう》のように見えた。アルスラーンは滝のような雨のなかで、見えぬものに呼びかけた。

「お前の身に、英雄王カイ・ホスローの霊がほんとうに宿っているなら。そして、私のやろうとしていることが、英雄王の御心にかなうなら、私の手に来てくれ！」

答は、一段と強烈な風雨だった。アルスラーンは半歩よろめいたが倒れず、さらに、天に向かって呼びかけた。彼が王太子として、これまでやってきたことを告げ、英雄王の霊がそれを嘉《よみ》したもうか否かを尋ねた。風雨に負けまいと声をはりあげる必要はない。彼が語りかけるのは、常人にむかってではなかった。

「私は王家の血をひいていない。名もない騎士の子だ。私が玉座につくのは、簒奪《さんだつ》かもしれない。だが、形式などどうでもよい、政事《まつりごと》がどうおこなわれるかがだいじだ、というのであれば、私に力を貸してくれ」

これほど堂々と、玉座を手に入れることをアルスラーンが宣言したのは、むろん初めてであった。

「英雄王の霊が、子孫以外の者が王位につくことを望みたまわぬのであれば、雷霆《らいてい》によって私を打ち倒したまえ。怨みはせぬ。御意のままになされよ！」

風が巻いた。雨滴《うてき》が数億の銀鎖《ぎんさ》となってアルスラーンの身にまつわりつき、王太子は呼吸が困難になった。それでもアルスラーンは風雨のただなかに立ち、けんめいに目をあけていた。彼は足もとの大地の割れ目に、白金色の光が満ちてくるのに気づいていた。

「王太子殿下が危険ではありませんか」

はらはらしながら見守っているエラムが、めずらしくナルサスに向かって、抗議する口調になった。

「だいたい、ナルサスさま、国王《シャーオ》になるには民衆の支持こそが必要なのでしょう？　このような、人知《じんち》をこえた力に頼らねばならないのは、おかしくはございませんか」

ナルサスは怒らなかった。

「そう、そのとおりだ、エラム。だが、民衆に対して大義をしめすために、儀式が必要な場合もあるのだよ」

英雄王カイ・ホスローがアルスラーンを守護したもうと聞けば、民衆はアルスラーンに熱い支持を送るだろう。その支持を永くつづけさせるには、善政を布《し》かねばならぬ。結局のところ、善《よ》き王たらねばならぬのだから、最初に英雄王カイ・ホスローの霊力を借りても、いっこうにかまわぬのだ。よくないのは、英雄王の権威を振りまわすばかりで、何ひとつ民衆のためにつくさぬ、ということである。残念なことに、パルスの歴代の国王のうち半数以上はそうだった。アルスラーンはそうではない。そのことがわからぬとすれば、カイ・ホスローの霊とやらも大したことはない！

不意に大地が揺れた。左右に、ついで上下に、激しい勢いで揺動した。ダリューンでさえ立っておられず、片ひざをついた。アルフリードがナルサスにしがみつこうとして、まちがえてファランギースに抱きつく。女神官《カーヒーナ》の口から低い叫びがもれた。

「何じゃ、あれは……⁉」

巨大な影絵のようなものを、美しい女神官《カーヒーナ》は宙に見たのだ。他の者も見た。それは巨大な人間にも、もつれあう大蛇の影にも見えた。暗い空を背景にして、それはしばらく彼らの眼前をのたうちまわり、一閃の雷光とともに不意に消えてしまった。

あれは何の影だったのか。後日になっても、その点に関するかぎり、一同は説明しようのない気分にみまわれたのだ。だが、それはまったく後日になってからのことで、そのときはもっと重大なことがあった。

いまや地の裂けめは白金色のかがやきに満たされており、そのかがやきは一瞬ごとに濃く強くなって、まともに見ることができぬほどであった。そして、そのかがやきがゆっくりと地上へせりあがってくると、反比例して雨の勢いは衰えていった。アルスラーンは、かがやきの強さに目を細めはしたものの、目を閉ざしはしなかった。彼は何か不思議としかいようのない力を感じて手を差しのべた。両手にずしりと重みがくわわった。自分の両手が、白金色のかがやきをつかんでいることをアルスラーンは知った。

　雨がアルスラーンの身体《からだ》をたたくのをやめた。どれほどの時間が経過したことであろう。彼が気づくと、周囲に、彼の部下たちがひざまずいていた。泥で服が汚れることもいとわずに。

「われらが国王《シャーオ》よ……」

　ダリューンの声が感銘《かんめい》に慄《ふる》えた。これまでの戦いの日々を、もともと労苦とは思っていなかったが、今日のことで完全に報われた気がする。王太子の手には光りかがやく長大な剣があり、それが「太陽のかけらを鍛《きた》えた」宝剣ルクナバードであることは、パルス人にとって疑う余地もなかった。

　ナルサスが両手をアルスラーンに向けて差しのべた。宝剣ルクナバードをおさめる鞘《さや》が彼の手にあった。アルスラーンの手から宝剣ルクナバードを受けとって静かに鞘におさめ、ふたたび王子に差し出す。宝剣を鞘ごと手にしたアルスラーンは、夢からさめたように一同を見わたした。

「私は王家の血をひいていない。血統からいえば、国王《シャーオ》となる権利の一片もない。だけど、地上に完全な正義を布《し》くことはできないとしても、すこしでもましな政事《まつりごと》をおこなえれば、と思っている。力を貸してもらえるか？」

「生命《いのち》に代えましても」とダリューン。

「非才なる身の全力をあげて」とナルサス。

「おれでよければおれなりに」とギーヴ。

「ミスラ神の御名のもとに」とファランギース。

「おともさせていただきます」とエラム。

「ナルサスたちといっしょに」とアルフリード。

「こ、心から！」とジャスワント。

エステルは黙っていた。彼女はアルスラーンの臣下ではなかったからだ。エステルはただ黙って、王子の姿に視線をそそいでいた。

Ⅲ

アルスラーンがデマヴァント山に赴いてより、王都エクバターナに帰るまで、往復十日間を要した。その間に、エクバターナの情勢はどのように変化していたであろうか。

あきれたことに、ほとんど何ひとつ変わってはいなかった。

ヒルメスとアンドラゴラスと魔道士との奇怪な三面対立は、ザンデの忠勤によって中途半端に終わってしまったのだ。ザンデたちが乱入したとき、謁見室《えつけんしつ》にいたのは、剣を手にしたまま立ちつくすヒルメスだけであった。

宙に消えた魔道士はともかく、地下水路へと脱出したアンドラゴラスを追うことはできたはずだ。だが、そのときヒルメスは、およそ覇王をめざす者とも思えぬ消極的なことを考えてしまった。アンドラゴラスの口から事実がもれるのを恐れ、ザンデを引きとめたのである。かくして、ふたたび城外に出たアンドラゴラスは、国王《シャーオ》の名をもって各地の諸侯に兵を出すよう命じ、王都の攻囲をつづけることになったのである。

そしてヒルメスは。

八月二十五日、ヒルメスは王宮においてパルス第十八代国王《シャーオ》としての戴冠《たいかん》をおこなった。本来、第十八代国王はアンドラゴラスである。だが、ヒルメスは、アンドラゴラスを正式な国王として認めていない。第十七代国王オスロエス五世の後継者は、ヒルメスあるのみというのが、彼の主張であった。

アンドラゴラスの告白が正しければ、ヒルメスはオスロエス王の息子《むすこ》ではない。だが、ヒルメスとしては、オスロエス王の嫡子《ちゃくし》という立場を押しとおすしかなかった。ゴタルゼス大王の庶子《しょし》でアンドラゴラスの弟ということになれば、アンドラゴラスよりも王位継承順位が低くなる。アンドラゴラスを簒奪者《さんだつしゃ》と決めつけて、彼から王位を「奪回」することができなくなってしまうのだ。アンドラゴラスの告白など聞かなかったふりをして、最初からの野心どおりに事を運ぶしかなかったのである。

戴冠式といっても、歴代の国王がいただいた黄金の宝冠は、ルシタニアの王弟ギスカールに持ち去られてしまっている。城内からかきあつめた金貨をつぶして溶かし、応急につくらせた小さな冠を、ヒルメスは不平満々で頭上にいただかざるをえなかった。また、晴れがましいこの式に参列したのはむろんヒルメスの部下だけであった。そのなかでも、心から喜んだ者はザンデひとりであったろう。彼はいまだに、ヒルメスがオスロエス五世の遺児であることを信じている。アンドラゴラスから聞いた話を、ヒルメスはザンデに伝えなかった。これまでヒルメスは、正義を求める復讐者として堂々と生きてきた。他人の目からは偏執的に見えたとしても、ヒルメス自身、心に恥じることは何もなかった。だが、いま、ヒルメスは、忠実な腹心に隠しごとをしている。

その引け目が、彼に、無意味な行為をさせようとしていた。式の半ばに、ヒルメスは、ひとりの男を病床から引きずり出させたのだ。

「この男を、ルシタニアからのことパルスまでやって来たこの道化者を、神々に捧《ささ》げて供犠《くぎ》とする」

ヒルメスの声は冷酷さと残忍さの双方をふくんでいた。その声を受けて、イノケンティス七世は小さいあえぎをくりかえした。しまりのない頬はすっかり血の気を失っている。もともと肥満ぎみの国王は、酒のかわりに砂糖水を飲むような習慣があり、二重に心臓に負担がかかっていた。イリーナ内親王に下腹部を刺されて以来、病臥して身体を動かさず、さらに心臓に負担がかかった。ルシタニアの医師も、パルスの医師も、おざなりの治療しかほどこさなかった。かくして、不幸で孤独なイノケンティス七世は、すでにして半死者となり、そしてこの日、完全無欠の死者にされようとしていたのである。

イノケンティス七世がつれこまれた場所は、ごく安直に「北の塔」と呼ばれていた。ある事情で、後に「ターヤミーナイリ」と呼ばれるようになる塔である。

「こやつを斬り、屍骸《しがい》を塔から投げ落として犬どもに喰わせてくれよう。パルスの平和をおびやかす者が、どのような最期をとげるか、列国の野心家どもに見せしめにしてくれるのだ」

ヒルメスが宣言を下した。

引き出されたイノケンティス王は、縛《しば》られてはいなかった。逃げる気力も体力もなく、縛る必要がなかったのである。両眼も虚《うつ》ろであった。その皮膚のたるんだ頸をつかんで、ヒルメスがまさに引きたてようとしたとき、扉口《とぐち》で激しい物音と人声がおこった。「その式、待った！」という声に、刃鳴りがもつれる。晴れがましい式典は、たちまち流血の宴と化したかに見えた。

「おのれ、何奴が神聖なる戴冠の儀式をさまたげるか。神々にかけて容赦せぬぞ！」

ヒルメスはどなった。すでに彼の手には愛用の長剣がにぎられている。もともと温和な男ではなかったが、自分の正体をアンドラゴラスから知らされて以来、頼るものは剣しかない、と思いこんだようであった。

ヒルメスの部下たちの列がくずれ、神々も赦《ゆる》さぬ妨害者たちが姿をあらわした。中央にいる少年は、黒衣の騎士をしたがえ、黄金の冑をいただいていた。アルスラーンらは、ギーヴの案内によって地下水道から王宮へはいりこんだのである。サーム自身が防御を指揮していれば、その侵入は成功しなかったかもしれない。だが、サームは戴冠式に列席して広間の隅にいた。

「アンドラゴラスの小せがれ……」

ヒルメスは、うなり声をあげた。アルスラーンの出生の秘密を知ったいま、この呼びかたは正しいものではない。だが、自分自身についてもそうだが、ヒルメスはアルスラーンに対しても、かつて信じこんでいたことを、そのまま適用しようとしていた。それ以外に、彼の選ぶ途《みち》がないかのように。

「小せがれ、おれに殺されるために、わざわざ姿をあらわしたか。きさまの血によって、わが玉座を浄《きよ》めようとでもいうのか」

ことさらにヒルメスが嘲 笑《ちょうしょう》する。アルスラーンは動じなかった。ヒルメスの雑言《ぞうごん》に眉をあげて、黒衣の騎士ダリューンがすすみ出ようとする。アルスラーンは片手をあげてそれを制した。ヒルメスに向けて、ものしずかに語りかける。

「いや、玉座は私のものだ。あなたのものではない。玉座から離れるがいい、ヒルメス卿」

「笑止な！」

ヒルメスは唇を吊りあげていまいちど嘲笑し、アルスラーンに向けて足を踏みだした。せめてもの慈悲、一刀で即死させてくれよう。そう思った彼の余裕が吹きとんだのは、アルスラーンが背おって肩にかけた長大な剣を見たときである。ヒルメスはそれを一度は手にしたことがあった。忘れようはずもなかった。

「……宝剣ルクナバード！」

足もとの床が砕《くだ》け散るかと、ヒルメスには思われた。かろうじて、よろめく足を踏みしめると、ヒルメスは剣を見なおした。疑いもなく宝剣ルクナバードの姿を確認し、くらみかけた目をアルスラーンにすえる。彼の体内で心臓は弔鐘のごとく鳴りひびき、血は血管のなかで激しく泡だつかと思われた。

「な、なぜ、きさまがルクナバードを持っている。どうやって手に入れたのだ」

「どうやって？　他に手段のあるはずはない。英雄王カイ・ホスローの霊が私にこの剣を賜《たま》わったのだ。この剣もて英雄王の天命を継《つ》ぐべし、と」

「嘘だ！」

ヒルメスはわめいた。噴きだした汗が、彼の背や頸すじをぬらりと濡らした。

「おれと戦え！　どちらがまことの国王《シャーオ》としてふさわしいか、剣をもってさだめようではないか」

ヒルメスは最後の糸にすがろうとした。ヒルメスはオスロエス五世の嫡子《ちゃくし》ではなく、アルスラーンは憎むべきアンドラゴラスの子ではない。これまで信じこんできたことを、ことごとく否定されたあげくに、アルスラーンの手に宝剣ルクナバードが握られているとあっては、ヒルメスの立つ瀬がなかった。ルクナバードはかつてヒルメスの手に握られるのを拒否したというのに、アルスラーンごとき未熟な孺子《こぞう》を受け容《い》れたというのか！

アルスラーンよりもカイ・ホスローに対する怒りに駆られて、ヒルメスは長剣をかまえた。それを見て、黒衣の騎士ダリューンが一歩を踏み出したとき、横あいから大声で彼に勝負を求めた者がいる。ザンデであった。彼の父カーラーンは、ダリューンの手にかかって死んだのだ。

「ダリューン、きさまとおれとは、倶《とも》に天を戴《いただ》かぬ仇《かたき》どうしだ。ここで結着をつけようではないか。どちらかがこの世から消えるべきなのだからな」

「おぬしがこの世のどこかで生きていても、おれはべつにかまわぬのだがな」

ダリューンは苦笑した。ザンデがむきになっても、ダリューンは正直、さして痛痒《つうよう》を感じぬのである。アンドラゴラス王やヒルメス王子ならともかく、ザンデでは、相手にとって不足であった。

「やかましい、抜け!」

音高く、ザンデが大剣の鞘をはらった。ダリューンは舌打ちしそうな表情だった。ナルサスが友人に声をかけて懸念を打ち消した。

「殿下は大丈夫だ、ダリューン、宝剣ルクナバードが殿下の御身を守る」

「わかった。ではおれはカーラーンの不肖《ふしょう》の息子《むすこ》とかたをつけよう」

ダリューンが長剣を抜き放つと、ザンデが大剣を振りかぶった。こうして二組の剣士が、先年以来の悪因縁を断ちきろうとしたとき、扉口であわただしい足音がして、サームの手に属する騎士のひとりが、転げるように駆けこんできた。

「民衆が北の門を開きました!」

かさねがさねの兇報《きょうほう》であった。

エクバターナ市民の忍耐も底をついたのである。ようやくルシタニア軍の暴政から解放されたと思えば、えたいの知れない男があらわれて、これまでの国王《シャーオ》を簒奪者よばわりし、自分こそ正統の国王と称する。あげくに、城壁をはさんでパルス軍どうしが争いはじめ、おかげで城門は閉ざされたままだ。食物もその他の物資も運びこまれては来ず、水不足もいっこうに解消されない。たまりかねた市民たちは、ついに決起してヒルメスの兵士たちを襲い、内側から城門を開いたのだった。かつて自分たちの手でルシタニア軍をたたきつぶした市民たちは、今度はパルス軍をたたきのめしたわけである。いずれの国の軍隊であろうと、民衆を苦しめる者にしたがう義務などないのだ。

空を割るような喚声《かんせい》が城門の内外で湧きおこった。その声は夏空に反射して、王宮にも流れこみ、北の塔にいる人々に、終わりの近づいていることを知らせたのである。

Ⅳ

開いた城門から、まずなだれこんで来たのは、いかにも剽悍《ひょうかん》そうな騎馬の一隊であった。甲冑も重々しいものではなく、馬をあやつる巧みさは、パルス人たちのなかでもきわだった。ヒルメス軍の守備兵を、馬上からの斬撃でつぎつぎと地に這わせ、王宮へと疾駆する。

彼らの先頭に、黒い絹の旗がひるがえっていた。

「何だ、あの黒旗は!?」

このときまだ「ゾットの黒旗」は人々に広く知られてはいない。だが、彼らが凡物《ただもの》でないことは誰の目にも明らかだった。

黒旗のそばで馬を走らせているのは、まだ二十歳にはならぬと見える若者だった。前《さき》の族長ヘイルターシュの息子である。彼は一団の指揮者であり、王宮への案内役でもあった。馬を疾駆させながら、鞍上に弓を置き、眼前にあらわれる敵をつぎつぎと射倒す。

城内に乱入したのは、むろんゾット族だけではない。キシュワードやクバードに率いられたアンドラゴラス王の軍も、人馬がもみあうように突入してくる。そして、兵士と武器だけでなく、エクバターナ市民を狂喜させるものも入城してきた。荷車に満載された食物の山である。

「おうい、エクバターナの衆! 食物ならここにあるぞ。王太子アルスラーン殿下のご命令でな、ギランから運んできたのだ。さあ、みんな、思いきり喰って飢えをみたせ」

朗々たる声は、ギランの海上商人グラーゼであった。千台の牛車と千頭の駱駝につんできた小麦、乾肉、茶、葡萄酒《ナビード》、米などを、押しよせる民衆たちに手渡し、放りやる。グラーゼの近くでは、ザラーヴァントが大声をはりあげている。

「王太子さまの御恩を忘れるなよ。みんなを飢えから救ってくださったのは王太子さまだぞ。権力ほしさに戦うばかりの奴らなど、王宮から追い出してしまえ」

多少あざといやりかたではあるが、これほど効果的な方法はないであろう。すべて軍師ナルサスの指示どおりであった。民衆を味方につけるのが、もっとも重要なのだ。彼らの胃袋にアルスラーンの名をきざみこみ、その上で英雄王カイ・ホスローと宝剣ルクナバードの名を持ち出すのである。

「民を飢えさせる王に、王たるの資格なし」

その痛烈な一言を、ナルサスは、アンドラゴラスとヒルメスの頭上に投げつけるつもりであった。食物を求めて何万人もの市民が押し寄せ、街路をふさぎ、なまじ大軍であるだけにアンドラゴラス王の軍は身動きがとれない。ナルサスはそこまで計算していたのである。

すべてがうまくいったわけではなかった。大混乱のなか、エステルは馬を飛ばして一軒の家に駆けつけた。聖《サン》マヌエル城からようやく王都に到着した傷病者たちが、身を寄せあって住んでいる家である。扉口に立ったときエステルは、乾いて木材や石に染みついた血の匂いをかいだ。一瞬のためらいの後、扉をあけて彼女が見たものは、惨殺された同胞《どうほう》たちの姿だった。老人も女も区別なく、血と埃にまみれた死体となって転がっていた。ルシタニア軍の暴虐に対するパルス人たちの怒りと憎悪が爆発したとき、報復の血なまぐさい嵐は、ルシタニア人のもっとも弱い者たちを巻きこんだのである。

エステルはしばらく、その場に立ちつくした。血の匂いが頭のなかで渦まき、それがおさまったとき、彼女は自分が泣いていることを知った。

「個人の善意や勇気では、どうすることもできぬことが人の世にはある。だからこそ、権力が正しく使われることが必要なのだ」

パルスの軍師がいった言葉を、エステルは想いだしていた。ここまで守ってきた傷病者たちが殺されたことで、エステルのやってきたことは、むだになってしまったのだろうか。そうではない、と、エステルは思いたかった。生き残った者が、この不幸をくりかえさぬよう努めるかぎり、流された血は人々の尊い教訓となるだろう。そう思いたかった。

……ヒルメスの長剣が床の上で回転をとめた。

死灰《しかい》が積もったような沈黙のなかで、ヒルメスは立ちつくしている。彼は自らの剣を宝剣ルクナバードによってはね飛ばされ、素手になってしまったのであった。

技倆《ぎりよう》においても、力量においても、ヒルメスはアルスラーンを圧倒していたはずであった。剣士として、彼の実力はダリューンに匹敵するのである。未熟で脆弱な「アンドラゴラスの小せがれ」などに負けるはずがなかった。

だが、わずか二、三合撃ちあっただけで、彼の剣は持主の手から飛び去り、敗北の楽《がく》をひびかせて床に落ちたのである。ヒルメスの手には、痛いほどの痺《しび》れだけが残された。ヒルメスは石化したような足をかろうじて動かし、二歩後退して、必死の気力をふるってアルスラーンをにらみつけた。

「き、きさまに負けたわけではないぞ、小せがれ！　ルクナバードにやられたのだ。おれがきさまに負けるわけがない……」

ヒルメスの声がわなないた。

「おれは英雄王カイ・ホスローの正嫡《せいちゃく》の子孫だ。そのおれが、きさまなどに負けるわけがない。き、きさまなど……きさまなど……！」

「見ぐるしいぞ、ヒルメス！」

嘲笑《ちょうしょう》が敗者をたたいた。勝者もおどろいて声の主を見つめた。扉口から力強く威圧的な足どりで歩んでくるのはアンドラゴラス王であった。剣を鞘におさめてはいるが、人血を散らした甲冑が、国王《シャーオ》がここに至る経過を物語っている。

「アンドラゴラス……！」

ヒルメスはそううめいたきり、後をつづけることができなかった。

アルスラーンは沈黙していた。何をいってもヒルメスを傷つけることになるだろう。アルスラーンにはヒルメスを憎む事情こそあれ、同情する理由はないはずであったが、ヒルメスの気持はわかる。事実、アルスラーンがヒルメスに勝ったのではなく、宝剣が邪剣をしりぞけたのだ、ということは、誰よりもアルスラーンが知っていた。

アンドラゴラスは、あらわれただけでその場の主導権を握りおおせるかと見えた。ダリューンに剣をたたきおとされたザンデも、彼の顔前に剣を突きつけた黒衣の騎士も、そしていあわせた者のすべてが、凝然《ぎょうぜん》として、国王《シャーオ》をながめやっている。

「孝行息子よな、アルスラーン」

アンドラゴラスは、もはやヒルメスには目もくれず、王太子に向きなおった。

「父のために英雄王の宝剣を手にいれたか。よかろう、宝剣ルクナバードの一剣は五万の兵にまさる。この功績をもって、汝の追放を解くとしよう」

アンドラゴラスの力強い手が、アルスラーンに向けて差し出された。周囲の者は息をのんで国王と王太子を見つめた。

「さあ、宝剣を父によこせ。それは唯一の国王のみが手にすべき剣だ」

「お渡しできませぬ」

「何?」

「これは英雄王カイ・ホスローよりたまわったもの。私がたまわったものです。誰にも渡すことはできません」

「増長したか、孺子《こぞう》!」

アンドラゴラスが雷喝《らいかつ》した。壁が震《ふる》えるかと思われるほどの迫力をこめた声であった。つい先日までのアルスラーンであれば、魂の底までちぢみあがり、迫力に打たれ、剣を差し出したにちがいない。だが、いまアルスラーンは静かな強さをたたえて、父王からの圧迫に耐えている。

その凍《い》てついたような情景の片隅で、ひとりの影がゆっくりとうごめいていた。

V

およそアンドラゴラスがまともに相手にしていたルシタニア人といえば、王弟ギスカール公爵ただひとりであった。名ばかりの国王イノケンティス七世など、眼中になかったにちがいない。それはヒルメスも、そしてアルスラーンすらも、ほぼ同様だった。

アルスラーンは、もともと他人を低く見る癖《くせ》はなかったし、エステルと話をしてイノケンティス七世を講和の相手とするようさだめてもいた。それでもやはり、最大の実権者であるギスカールにくらべれば、どうしても兄王は存在感に欠ける。第二次アトロパテネ会戦において、ルシタニア軍を敗滅させて以来、アルスラーンはついイノケンティス七世のことを忘れていた。軍師ナルサスでさえ、あらゆる戦略と政略の策《て》を打ちつくした後、イノケンティス七世を考慮からはずしてしまった。どうでもよい存在だ、と思っていたのである。この非才無能の国王《シャーオ》をおぼえていたのは、騎士見習エトワールことエステルだけであった。

誰からも忘れられ、無視されていたこの国王が、人生における最後の数十秒において、誰もが信じられないことをやってのけたのである。

宝剣ルクナバードの守護があっても、なおアルスラーンはアンドラゴラス王の迫力に対抗するため、全身全霊をふるいたたせねばならなかった。そして、ダリューンやナルサスでさえ、動くこともできず、父子の対決を見つめていた。イノケンティス王がそろそろと音もなくアンドラゴラスの背後に近よろうとしていたことなど、誰が気づいたであろうか。

アンドラゴラスが威迫《いはく》するようにアルスラーンに向けて一歩を進めたとき、高い鳥の鳴声がした。開かれた扉口に向けて告死天使《アズライール》が舞いあがったのだ。キシュワードらアンドラゴラスの麾下《きか》の者たちが、とうとう王宮に達したのだ。

一同の注意がそちらにそそがれた。瞬間のことであった。イノケンティス王がアンドラゴラス王の背に組みつき、腕を相手の首に巻きつけた。咆《ほ》えるようなアンドラゴラスの声に、はっとして振りむいた一同は、あまりのことに声も出ない。声どころか、唾をのみくだすことさえ忘れ、ただふたりの国王を見守るだけであった。大半の者は、自分が見ている光景の意味を理解することすらできずにいた。

イノケンティス王が異様な目つきで天井の一角をにらみすえ、涎《よだれ》の光る口を動かした。

「神よ、神よ、あなたの僕《しもべ》として最後のつとめを果たします。異教徒の王を、神の御前にささげます。どうかお受けとり下さい」

「おのれ、何をするか……！」

アンドラゴラスの声が割れた。豪勇《ごうゆう》の国王《シャーオ》にとって、これほど意外で腹だたしいことはなかったであろう。どれほどの勇者であれ、アンドラゴラスは大剣をもって打ち倒す意気と武勇を持っていたはずであった。ヒルメスでもダリューンでも、ついには実力をもって討ちとる自信があったのだ。

だが、いま彼の死命を制している者は、勇者でも強者でもなかった。アンドラゴラスから見ればとるにたりぬ男、弱くて愚かな男だった。その男が、信じられぬほどの力でアンドラゴラスの自由を奪い、もつれるように窓のそばまで引きずっていった。とっさに弓に矢をつがえた者は幾人かいたが、アンドラゴラスの巨体が前方にあるため、射放すことができぬ。

アンドラゴラスはもがいた。イノケンティス七世は離れなかった。人間の形をした巨大な蛭《ひる》のように、ルシタニア国王はパルス国王にとりついていた。かつてついに実現しなかった国王どうしの決闘が、このような形でおこなわれるとは、誰が想像しただろうか。

「離せ！」

アンドラゴラスの肘《ひじ》がかろうじて動き、イノケンティスの顔面に肘撃ちをたたきつけた。不気味な音がして、ルシタニア国王の鼻骨と前歯が折れた。血まみれの顔でイノケンティス王は笑ったが、苦痛に耐えるというより、すでに苦痛を感じてはいなかったのであろう。

「神よ、おそばにまいります」

ルシタニア語の叫びは、誰にも理解できなかった。ルシタニア国王は体重を空にあずけた。

ふたりの国王は、塔の窓から落下した。宙に噴きあがった叫びは、おそらくアンドラゴラスの無念をあらわしたのであろう。二十五ガズ（約二十五メートル）の高さを、ふたりは彫像《ちょうぞう》のように落下し、落下をつづけ、石畳に激しくたたきつけられた。窓辺に駆け寄った人々の耳に、重い地ひびきが伝わってきた。地上に小さくかさなりあう国王たちの姿は、奇妙にねじれて、こわれた人形のようにも見えた。

長い長い沈黙の末、ナルサスが溜息をついた。

「何ということだ。地上の列王中もっとも惰弱《だじやく》な王が、もっとも強剛な王を殺害するのに成功するとは……」

この塔は、これまで単に「北の塔」と呼ばれていた。そして、パルス暦三二一年八月二十五日のおどろくべき事件の後、つぎのように呼ばれることになったのである。

「二王墜死《ターヤミーナイリ》の塔」と。


この日、あまりに多くの事件がおこり、あまりに大きな衝撃があいついだため、後になって人々は、どういう順序でどういう事件がおこったか、整理するのに苦労したほどであった。

「いうに忍びぬことだが、ルシタニア国王とやらのおかげで吾々は救われたようなものだ」

そうキシュワードがナルサスに低声《こごえ》で語ったのも、むりはない。アンドラゴラス王がアルスラーンないしダリューンに斃《たお》されたのであれば、キシュワードら国王の廷臣たちとしては、身心を引き裂かれることになったであろう。形式上、アンドラゴラスはまちがいなくパルス唯一の国王《シャーオ》であり、弑逆者をあらたな国王として推戴するというわけにはいかないのだから。

パルス全体のためにも、これは思いがけぬ恩恵であった。廷臣たちが二派に分かれて殺しあうことがなく、すんだのである。そして、国王が死に、国王を殺害した犯人も死に、王太子が健在である以上、ただひとつの玉座には王太子がすわることになる。事実としても、法律的にも、これがただひとつの可能性であり正統性であった。アルスラーンはまだ呆然とした状態からぬけ出していないが、遠からず立ちなおるであろうし、立ちなおらなくてはならない。

アンドラゴラス王の死は、当人にとってはさぞ不本意であったろう。だが、彼の死が多くの人々を救った。生きていれば、彼は国を分裂させ、わが子と王位を争った君主として不名誉な名を残すことになったにちがいない。アンドラゴラスはある意味で自分自身をも救ったのである。彼の名は、侵略者であるルシタニア国王を斃して自らも死んだ殉国の王として残るだろう。誰も傷つかない。けっこうな結末ではないか。

だが、じつはまだ幕はおりてはいなかったし、犠牲も絶えたわけではなかった。

夜にはいって、エクバターナは奇妙な混沌のなかにある。

パルス全軍が王太子アルスラーンの指揮に服して、軍事的な混乱はひとまずおさまった。

ヒルメス軍三万が統一的な指揮のもとに武器をとれば、なお流血はつづいたであろう。だが、ヒルメスはアルスラーン以上に虚脱してしまい、ザンデはとりあえず一室に放りこまれて監禁され、サームは麾下の全将兵に「武器を放棄せよ」と命じた。王都において三派に分裂したパルス軍どうしが殺しあう事態は回避された。

王都の城門はことごとく開放され、ギランからの物資が運びこまれてくる。そのたびに「王太子アルスラーン殿下」の名が熱狂的に叫ばれる。グラーゼの部下たちによって、アルスラーンがルシタニア軍をアトロパテネの野で撃滅したことが、はでに宣伝され、たちまち王太子は救国の英雄となった。

王宮の回廊を、三人の万騎長《マルズバーン》が肩を並べて歩いている。ダリューン、キシュワード、クバードであった。まかりまちがえば、いまごろは剣をとって殺しあっていたはずの三人であるが、そうならずにすんだ。アンドラゴラス王の横死《おうし》に対し、それぞれの感慨はあるが、あえてそれは口にしない。

夜風に乗って、遠く市民たちの歓声が流れてくる。

キシュワードがみごとなひげをなでた。

「たいしたものだ。王太子殿下は一夜にしてエクバターナを掌握《しょうあく》なさった。もはや何者も殿下の権勢をゆるがせることはできまい」

「まったく、みごとな乗っとりだったな。ナルサス卿はバシュル山を出て十か月で天下を乗っとってしまった」

クバードが片目を細めて笑った。「乗っとり」という言葉を使ってはいるが、べつに悪意をもってそう表現しているわけではない。もっとも弱小で、玉座から遠かったはずのアルスラーンに天下をとらせた、ナルサスの手腕を、彼なりに評価しているのである。その証拠に、片目の男はこうつけくわえた。

「結局、おれもあの男のあごに使われることになろう。まあ、しかたあるまいて」

「ナルサスは、人の世を画布《がふ》として絵を描《か》く達人だからな」

ダリューンが答えると、キシュワードが謹厳《きんげん》そうな顔に困惑の表情をたたえた。

「しかし、ナルサス卿はほんとうに宮廷画家になるのか。王太子殿下の人事で、じつはいちばん心配しておるのがその点でな」

「あの男、いつだったかおれの顔を見て、描きやすい顔だといったことがある。頼むから他に犠牲者をさがしてほしいものだ」

クバードが完全に言い終えぬうち、悲鳴が夜気をふるわせた。

方角を確認すると、三人の万騎長《マルズバーン》は回廊から建物のなかへ躍りこんだ。石を敷いた廊下を駆ける。王太子の仮寝所近くで、ナルサス、エラム、ジャスワントらと出会った。薄暗い廊下に彼らが見たものは、長さ四ガズ（約四メートル）ほどもある暗灰色の蛇であった。しかもその胴は一本の剣に巻きついている。その剣は宝剣ルクナバードであった。

「宝剣を……！」

三人の万騎長は突進した。クバードでさえ、王都の攻囲戦がはじまって以来、はじめて本気になった。パルスで最強の戦士が三人、帯剣を抜き放ちながら突進したのだ。一万騎の敵も戦慄するであろう。

だが、蛇はあざけるように、しゅうしゅうと音をたて、宝剣に巻きついたまま、奇怪な姿で床を進んでいく。と、その前方に、ひとりの影が躍り出た。万騎長のサームであった。彼の剣は蛇をめがけて鋭く振りおろされたが、蛇の動きは想像を絶した。ルクナバードに巻きついたまま宙に躍りあがると、長い身体の半分でサームの頸《くび》をしめあげたのだ。サームは剣を落としながら、両手で蛇の胴をつかんだ。

「サーム卿！」

「はやく、はやくこの魔性を斬れ！」

サームの声がひび割れた。彼の頭髪がみるみる黒から灰色へと変わるのを見て、三人の万騎長は声をのんだ。勇敢で誠実な四人めの万騎長が、魔性に生命力を吸いとられつつあるのだ。

ダリューンの長剣がひらめいた。つぎの瞬間、万騎長たちは目をみはった。必殺の斬撃が、蛇の鱗にあたって、音高くはじきかえされたのだ。すかさずクバードが大剣を宙にうならせたが、またしても蛇身はそれをはじきかえして、無傷のままに宝剣とサームの身とをかかえこんでいる。武勇の問題ではない、この奇怪な蛇は、人の世の剣では殺せないのだ。

サームの身が床にくずれ落ちた。蛇は間をおかず、たくみに宝剣にだけ巻きつき、頭部で柄をおさえた。そのときである。王太子アルスラーンが無言のうちに駆けつけた。すでに床についていた彼は、短衣だけで甲冑もまとわず、武器も一本の短剣《アキナケス》をたずさえているだけであった。少年の目と蛇の目とが合った。少年が蛇の前に身をさらすようにした。

「殿下、あぶない！」

ダリューンが叫んだ。蛇の牙がアルスラーンに向けてひらめいたのだ。だが、アルスラーンはすばやく左手を突き出し、短剣《アキナケス》で蛇の牙を受けとめた。右手が伸びて、ルクナバードの柄にかかる。

つぎの瞬間、宝剣ルクナバードはアルスラーンの手に抜き放たれていた。蛇の胴体は鞘に巻きついていたのだから、頭部が柄からはずれてしまえば、刀身は蛇から自由になるのだ。

アルスラーンの計略にしてやられた蛇は、宝剣の鞘をすてた。鞘が音高く床の上ではね、蛇も身をくねらせて床に落ちる。

暗灰色の蛇は床をのたうって逃がれようとした。そののたうった痕《あと》には、ぬるぬるした毒液が光って、酸みをおびた悪臭が鼻を刺した。信じられぬほどの速さで逃げだした蛇が動きをとめた。蛇の行手に、パルスきっての弓の名人ふたりが立ちふさがったのだ。ファランギースとギーヴが、すでに弓に矢をつがえていた。

ファランギースの放った矢が、蛇の片目に突き刺さった。蛇が大きくはねたとき、ギーヴが第二矢を放った。矢は蛇の口に突き刺さり、牙のはえた顎《あご》をつらぬいた。床が板であったら、蛇の頭部はみごとに縫いつけられたであろう。

苦悶する蛇が、床を踊りまわりながら、しゅうしゅうと音をたてる。

アルスラーンが宝剣ルクナバードを振りおろした。白金色の閃光が、蛇の頭部と胴を両断し、骨を断つ音が石壁を鋭くたたいた。

蛇の胴は床に落ち、三度ほど痙攣《けいれん》の波を走らせて動かなくなった。だが、頭はまだ生きていた。二本の矢につらぬかれながら、アルスラーンめがけて牙をむき、撃ち出される石弾のような勢いで飛びかかった。

「火じゃ！」

ファランギースが叫んだ。意図をさとったエラムが壁に飛びついた。手にした松明《たいまつ》を、蛇の頭めがけて投げつける。宙で蛇の頭と松明が衝突した。火のかたまりとなって蛇の頭が床にたたきつけられる。ルクナバードが二度めの閃光を発し、蛇の頭を粉みじんに撃砕《げきさい》した。

その瞬間、胸の悪くなるような叫び声が人間たちの頭上にひろがった。信じられない光景を彼らは見た。床に横たわっていた蛇の胴体が、みるみるちぢみ、ふくれあがり、変形し、暗灰色の衣をまとった人間の胴体と化したのだ。首のない、奇妙に短身に見える屍体《したい》。パルスきっての勇者たちが、恐怖と嫌悪の身ぶるいを禁じえなかった。

「何という怪物だ。ザッハークの一党か」

「おぞましいことだ。この首のない屍体はどうする?」

「油をかけて焼きつくせ。灰はまきちらす。それしかあるまい」

万騎長《マルズバーン》たちの会話を聞きながら、アルスラーンは宝剣ルクナバードを鞘におさめた。それをエラムにあずけ、自分は、倒れたサームのそばにひざまずいた。魔性に生命を吸いとられ、瀕死《ひんし》の老人と化したサームの頭を、自分のひざにのせて、やさしく名を呼ぶ。サームは目をあけ、生命の最後の一片を声にこめた。

「殿下、いえ、陛下、善き国王《シャーオ》になられませ。不肖なる身で何ひとつお役にたてませなんだが、パルスの平安が御身の手によってもたらされますよう……」

それだけをかろうじて言い終えると、非運の武将は息をひきとった。アルスラーンは目をとじ、頭を垂れた。生前この人ともっと話しあい、たがいを知りあう機会があればよかったのに。そう思いつつも、サームにとってこれ以上の生が苦痛でしかないことを、アルスラーンは理解してもいたのである。

VI

夜半をとうにすぎ、夜明けが近づいても、エクバターナの城門は四方に向かって開け放たれ、歌い踊る人々の声が城壁に谺《こだま》している。もはや、城門を開放しても、攻めこんでくる敵軍は存在しないのだ。長い屈伏と閉鎖の生活から解放されて、人々の歓喜は爆発し、朝までやみそうにもなかった。百万羽の夜鳴鳥《ブルブル》が鳴きたてるようだ。

明日からは再建の苦労がはじまる。だが、さしあたり今夜だけは喜びに舞おう。みながそう思っていた。男どもが歌い、女たちが踊り、子供たちが走りまわる。犬や鶏《にわとり》でさえ興奮して騒ぎまわり、永遠なるエクバターナは、あらゆる生物たちによって祝福されていた。

二騎の旅人が、騒ぎのなか、ひっそりと南の城門を出た。にぎわいと喜びに背を向けて、光から夜のなかへ、馬の足を進めていく。彼らにとって、安らぎは夜にこそあったかもしれない。二騎は一対の男女であった。男は右半面を布でおおい、女の両眼は自分の意思によらず永久に閉ざされていた。

領土もなく臣下もない。パルスの王子とマルヤムの王女とは、たがいを持つだけであった。かつて人の世に秩序と伝統がたもたれていたころであれば、彼らは、栄光と富と権勢とに埋もれた男女の一組でありえた。だが、いまはちがう。国はすでに彼らのものではない。

「イリーナどの、あなたの髪にはさぞ黄金の冠がふさわしかっただろうに」

「ヒルメスさま、わたしは王冠などいりませぬ。そのようなものが必要ないほど、いまは幸福でございますから」

「おれには、まだ未練がある」

苦笑まじりにつぶやいて、ヒルメスは城門を振りあおいだ。開いた城門から、灯火《とうか》と人声の波がゆるやかに寄せてくる。

自分は何者であったのか。少年のころから信じこんできた虚構がくずれさったとき、ヒルメスは自分の存在意義を見失ってしまった。彼が追い求めてきたものは砂の王冠であったのだ。ヒルメスは、群をぬく武勇と権略をそなえながら、自分ひとりの足で地上に立つことができなかった。他人がつくったものに寄りかかり、それを受けつぐことに執念を燃やし、それが失われたとき、彼は、イリーナ以外のすべてを失ったのである。

重い溜息をついたヒルメスに、イリーナが問いかけた。

「ザンデ卿はどうなさるのです」

「ついてくるといったが、とめた。朝になったらあの男もどこかへ旅だつだろう。これ以上、おれにしたがって、二度とない人生を浪費することもあるまい」

サームの死もまた、ヒルメスには徹《こた》えた。砂の王冠を追い求めて、えがたい人物を死なせてしまった。ヒルメスは悔いあらためたわけではなかったが、敗北を認めないわけにいかなかった。いずれ気をとりなおし、ふたたび野心を燃えたたせることもあろう。だが、いまは寝床が必要であった。いずれめざめて起きあがるための寝床が……。

アンドラゴラス王とイノケンティス王が死に、ヒルメス王子が去った後、王妃タハミーネだけが残った。だが彼女もまた、王都エクバターナを去ることになる。アンドラゴラス王の葬礼をすませたら、パルス南西部の風光のよい地に館をかまえることになろう。そこはかつてバダフシャーンという小さな公国があった場所だ。

王妃の希望についてどうとりはかろうか、王太子に問われたとき、ナルサスは答えた。

「王妃さまの願いどおりになさいませ。人はみな、自分の心の飢《う》えを自分ひとりで耕《たがや》さねばならぬのです。ヒルメス王子もです。失礼ですが、殿下のお力では、かの人たちをお救いすることはできません。放っておいておあげなさい」

「わかった、ナルサスのいうとおりにしよう」

王者でも救えぬ人の心がある。ましてアルスラーンは未熟すぎる王者であった。いまできることをおろそかにせず、すこしずつ、できることを増やしていかねばならないのである。

正式に国王《シャーオ》となる前に、アルスラーンは、最後の人との別れを経験することになった。その日、九月二日、黄昏《たそがれ》のことである。アルスラーンはダリューン、ナルサスら十五騎の部下をしたがえて城外に出た。まだ、夜の旅がふさわしい季節は終わっていなかった。ダリューンらを丘の下に残し、アルスラーンはその人と二騎だけで丘の上に馬を立てた。故国に帰る騎士見習エトワールことエステルを、彼は見送るのだ。

エステルは亡きイノケンティス七世の遺骨を故国ルシタニアに持ち帰るのである。誰からも軽んじられ無視されたあわれな国王にとって、エステルだけが忠実な臣下であった。

エステルの決心を聞いたとき、アルスラーンはとめなかった。とめてはいけないと思ったのである。彼にできることは、エステルが無事に故国に帰れるよう、とりはからうことだけであった。

陸路でマルヤムを通過すれば、王弟ギスカールと総大主教ボダンの抗争に巻きこまれるであろう。隣国ミスルに出て海路をとったほうがよい。充分な旅費も護衛も必要だ。旅費はむろんアルスラーンが出す。護衛兼案内人としては、ギランの海上商人グラーゼが、信用できる部下をつける。そして、ルシタニア人である「白鬼《パラフーダ》」も、エステルにしたがって故国に帰り、そこで自分の過去をたずねることになるだろう。

「いろいろ世話になった」

エステルは馬上で一礼した。大陸公路をゆっくり西へ歩む騎馬の隊列がある。エステルが参加すべき、ミスルへの隊列であった。アルスラーンも礼を返した。

「気をつけて帰っていってくれ」

別れがたい心情があるのに、言葉にすれば平凡なものになってしまう。自分にギーヴのような詩才があればよいのに、と、アルスラーンは心から思った。そして、ぎごちなくいった。

「またパルスに来てくれるとうれしいな」

むりな話であろう。エステルは故国に帰り、領地や相続や騎士叙任《じょにん》についての問題をかかえこまねばならない。残された家族に対して責任があるのだ。

「お前こそルシタニアに来ればいいのに」

エステルはいい、怒ったように頬を赤らめた。

「もうすこし月日がたてば、お前は一人前の異教徒になって、角《つの》や尻尾《しっぽ》がはえてくるのだろうな。でも、どんな姿になっても、わたしはお前の正体を見破ってやるぞ」

馬の手綱《たづな》をひき、馬首をめぐらしながら、エステルは最後の言葉を投げかけた。

「わたしはお前の正体を知ってるんだからな」

それは、かつてダリューンがアルスラーンにむかっていった言葉とよく似ていた。言い終えたとき、エステルはすでに馬腹を蹴って走り出している。アルスラーンは声をかけなかった。ただ、走り去る後姿に向かって手を振り、一度だけ振り向いたエステルの目に、彼の姿を焼きつけた。彼女が騎馬の列に合流し、線の一部となり、点となって消え去った後、はじめてアルスラーンも馬首をめぐらした。

なすべきことが、何と多くアルスラーンを待っていることであろう。

荒《あ》れはてた王都エクバターナを復興させ、用水路を補修《ほしゅう》する。市民に食物を与える。死者を葬《とむら》う。アンドラゴラス王は国葬に付さねばならぬ。英雄王カイ・ホスローの墓所も修復せねばならぬ。サームも厚く葬ってやりたい。ああ、それにほんとうの両親も、乳母たちも。何だか葬式ばかりしているような気もするが、アルスラーンに生命と未来をくれた人々に対して礼をつくすのは当然のことであった。それらをすませてから即位の式をあげる。第十九代の国王となり、奴隷《ゴラーム》制度廃止令をはじめとする国内の改革に、いよいよ乗りだすのだ。シンドゥラ国のラジェンドラ王ら、隣国の諸王とも修好せねばならない。ほんとうに、なすべきことはかぎりなくある。

丘の下で待つ仲間たちのもとへ、アルスラーンは馬を駆け下らせていった。その頭上に、告死天使《アズライール》が翼をひろげている。

ダリューン、ナルサス、ギーヴ、ファランギース、エラム、アルフリード、ジャスワント、キシュワード、クバード、メルレイン、グラーゼ、イスファーン、トゥース、ザラーヴァント、ジムサ。後世「解放王アルスラーンの十六翼将」と称される戦士たちのうち、十五人がすでにそろっている。

「解放王の御代」が、まさにはじまろうとしていた。


明るさと喜びに背を向け、暗く湿った自分たちの城塞《じょうさい》にこもって、敗北と呪詛《じゅそ》のうめきを奏《かな》でている者たちがいた。王都エクバターナの地下深く、四人の魔道士たちが、うそ寒げに身を寄せあっている。かつては師弟ともに八人いた人数が半減してしまった。三人の弟子が人間どもに殺され、ついに「尊師」までが最期をとげてしまったのだ。だが、彼らは絶望してはいなかった。グルガーンと名乗る者が口を開いた。

「みな、悲しむでない。尊師は予感しておられた。カイ・ホスローめの霊力とやらが一時の勝利をおさめることもあろうかと。ゆえに、かの狂戦士イルテリシュめの身を所蔵して、復活にそなえられたのだ」

「そうであったか。だが、それでは、蛇王ザッハークさまの憑依《よりしろ》はどうなるのだ」

グンディーと名乗る者が問うと、グルガーンが当然のごとく答えた。

「知れたことだ。アンドラゴラスの肉体は、いまそれを支配する魂を持たぬ」

あっ、という感歎《かんたん》の声を聴きながら、魔道士グルガーンは、暗く湿った熱情をこめて同志たちにささやきかけた。

「蛇王ザッハークさまをおとしめた人間ども、いまは勝ち誇るがよいわ。三年、三年たてば時が満ちる。そのときこそ、奴らは喜びの頂から絶望の谷底に落ちるであろうよ。頂が高いほどに谷は深くなるのだ」

笑声がおこった。その笑声は地下深くから湧きおこり、地上に到達する前に消滅して、人間たちの耳にとどくことはなかったのである。

パルス暦三二一年九月二日のことであった。

解説——「アルスラーン戦記」第一部完結に寄せて

西尾維新《にしおいしん》
（作家）

今現在、手に取って読むことのできる小説がこの世にいったい何冊あるのか、数えてみたことはあるだろうか。そう訊くからには当然のごとく僕にはあって、大型書店に行き、本棚にずらりと並べられている膨大な数の、古今東西から集められた小説を、日々こつこつとカウントした。これからこれだけたくさんの小説を読むことができるのだと、わくわくしながら。もちろん、その試み自体は、かなり多めに見積もった残りの寿命をあますところなく使って読むことができる仮想の冊数を、カウント数が超えたときに頓挫《とんざ》した。もうかなり昔の話なのでさすがにちゃんとは憶えていないけれども、数えたその中には、きっと田中芳樹先生の「アルスラーン戦記」もあったことだろう。

さて、あれから月日も経ち、更にその総数を増やしたであろう小説（及ばずながら、僕もその総数を増やすことに貢献させてもらったわけだが）は、二種類にわけることができる——なんて、そんな風に単純に割り切れれば、どれほどわかりやすいだろうか。残念ながら小説というくくりは一か全でしか割り切れない素数みたいなもので、どんな種類にも分割するのは不可能だ。ジャンルによる区分だって、所詮はずらりと本棚に並べるための、一時的な判断に過ぎない。

仮に、すべての小説を『面白い』か『面白くない』かにわけてみようとしても、それはすべての小説をカウントしようという行為よりもよっぽどスピーディーに、挫《くじ》けることになるだろう。『この世に面白くない小説なんてない』などというと、建前を通り越してすさまじく偽善的でさえあるだろうが、しかし、実のところこの言葉はあからさまなほど真実に近い。誰だって『面白くない小説なんてこれまで一冊も読んだことがない』と言えば嘘になるだろうが、『どんな小説だって誰かは面白がっている』と言っても、そう酷い嘘にはならない。極論、『面白いから』という理由で、その小説を楽しめないことだってあるようだし、『面白くないから』という理由で、その小説に深く没頭することもできるとも言う。必ずしも小説はただ楽しければいいというわけではない――けれど、そんな生真面目さもやはり、楽しみかたの一種ではある。娯楽を楽しまないというのも、まごうことなき娯楽なのだから。そう考えれば確かに、この世に面白くない小説なんてない。

ならば何をもって小説のよしあしを判断するのか？　小説によしあしなんてものがあるとすればだが……、ひょっとすると、たとえばそれは売り上げだろうか。ランキングで上位を飾ったり、何らかの賞を受賞したり、人気や知名度を計測することが、同時に小説のよしあしを計《はか》るバロメーターになるのだろうか？　そうであるとも言えるし、そうでないとも言える。少なくとも、それを全否定することには大した意味がない。ただ、もしも百万部二百万部と売れた小説があったとして、必然、それはそれだけ多くの人に読んでもらえたと言うことになるのだろうけれど、しかしながら、多くの人の目に触れることになれば、それだけ瑕疵《かし》も見つかりやすくなる。そういう、『見つからなかったかもしれない瑕疵』を取り上げられて、批判にさらされたりもするだろう——とかく、長所よりも短所のほうを、記憶に残すが人間である。つまり、ヒットすることによって、評価が暴落することも起こりうるわけだ。逆に、決して多いとは言えない読者から圧倒的な支持を受ける小説ならば、読者は少しくらいの瑕疵は、愛情を持って大目にみてくれるかもしれない（見向きもされないかもしれない、というリスクももちろんある）。

可読性、通読性、今風に言うならリーダビリティの高さで分類するという手段も、それはあるにはあるけれど、しかし、小学生の頃に読もうとして、どうしても肌に合わず、読了敵《かな》わなかった小説が、成人してから読んでみたら、人生が変わるほど面白かったと言う展開も起こりうる。頻繁に起こりうる。この場合、小説のほうには課題はなく、読者が本を手に取った『年齢』こそが焦点となるわけで、逆パターンとして、『子供が読んでいる漫画が理解できない』だったり、そんな観察者効果もあるわけで、結局それは見る側の内面が問われているだけじゃないのかという方向に論点が向いてしまう。まあ読書とは鏡を見るようなものだとする意見もあろう。本棚にどんな本が並んでいるかを見たら、その人物がどんな人なのか言い当てることができると言うけれど、それは読書が人間を形成してきたのではなく、ただラインナップに人間性が表れているだけというような見方もできる。結局、何が言いたいのかと言えば、小説は小説ごとに読み味が違って、読書の趣味は人それぞれという、ごくごく当たり前の意見を提出したいのだ——そんなことはみんな知っているとお叱りを受けるかもしれないけれど、意外とそんな百家争鳴が、論として成立しないのが現代である。自分の価値観を持つことより他人の価値観を潰すほうへと、社会の流れは向いてしまった。多数派が少数派を圧迫する、と言えばそれは今までだって普通にあったことだけれど、どうもそういう話ではないらしい。誰もが簡単に独自の価値観を主張できる時代を迎えたことによって、結果価値観が可視化され、彼我の違いが明確になったがゆえに、価値観の統一が図られようとしている——のだろうか？　よく考えたらすごく怖い話なのだけれど、これを怖いと感じる価値観も、そのうち消えてなくなるのかもしれない。

と言ったところで「アルスラーン戦記」である。

田中芳樹先生の小説を読んで、僕が『面白い』と思うと同時に『素晴らしい』と思う点として、価値観が決して、統一されていないところを、是非あげさせてもらいたい。いわゆる『敵側の価値観』もしっかり描かれているのだ。そしてまた、『主人公側の価値観』を、必ずしも絶対的なものとしては描かない――あくまでもそれは一つの意見であって、彼らも決して正しいわけではない。違う価値観に触れる楽しさや、己の価値観を疑う楽しさを教えてくれる。また、対立する敵味方の価値観に差異があるだけではなく、仲間同士の間でだって、価値観は必ずしも一致しない――どちらの陣営も協力態勢は一枚岩とは言えない。ギーヴやラジェンドラがいい例だ（悪い例かもしれない）。僕が「アルスラーン戦記」で、今のところ一番好きなシーンは、奇しくも本書のクライマックスである。ナルサスの言葉を引用させてもらえれば、『地上の列王中もっとも惰弱な王が、もっとも強剛な王を殺害するのに成功するとは……』という、あの場面なのだ。強さと弱さという、原始的な価値観が、等価値のものとして並べられたこのシーンこそ、「アルスラーン戦記」そのものであり、また作者である田中芳樹先生の作家性の象徴であるように思う。

本書をもって第一部が完結した「アルスラーン戦記」だが、若き王アルスラーンの戦いはこれからも続く、その過酷さを増しながら。と言うより、現在進行形で続いている――次巻『仮面兵団』から始まった第二部は現在、第十四巻まで発刊されている（カッパ・ノベルス)。更に多様な価値観が入り混じる続刊を、そして遂に見えてきたシリーズの堂々完結を、存分にお楽しみいただきたい。もちろん僕も楽しみにしている——これから読める本があるというのは、やはりこの上のない喜びなのだ。

●一九九〇年三月　角川文庫刊
●二〇〇三年十一月　カッパ・ノベルス刊（第八巻『仮面兵団』との合本）

光文社文庫

王《おう》都《と》奪《だつ》還《かん》　アルスラーン戦《せん》記《き》⑦

著　者　田《た》中《なか》芳《よし》樹《き》

2014年12月20日　初版1刷発行
2015年5月10日　5刷発行

発行者　鈴木広和
印　刷　豊国印刷
製　本　ナショナル製本

発行所　株式会社 光文社
〒112-8011　東京都文京区音羽1-16-6
電話　(03)5395-8149　編集部
8116　書籍販売部
8125　業務部

落丁本・乱丁本は業務部にご連絡くだされば、お取替えいたします。

ISBN 978-4-334-76847-8　Printed in Japan

組版　豊国印刷

お願い　光文社文庫をお読みになって、いかがでございましたか。「読後の感想」を編集部あてに、ぜひお送りください。

このほか光文社文庫では、どんな本をお読みになりましたか。これから、どういう本をご希望ですか。

どの本も、誤植がないようつとめていますが、もしお気づきの点がございましたら、お教えください。ご職業、ご年齢などもお書きそえいただければ幸いです。当社の規定により本来の目的以外に使用せず、大切に扱わせていただきます。

光文社文庫編集部

◇◇◇◇◇◇◇◇◇◇◇光文社文庫　好評既刊◇◇◇◇◇◇◇◇◇◇◇

智天使の不思議　二階堂黎人
誘拐犯の不思議　二階堂黎人
しずく　西加奈子
スナッチ　西澤保彦
北帰行殺人事件　西村京太郎
日本一周「旅号」殺人事件　西村京太郎
東北新幹線殺人事件　西村京太郎
京都感情旅行殺人事件　西村京太郎
都電荒川線殺人事件　西村京太郎
特急「北斗1号」殺人事件　西村京太郎
十津川警部、沈黙の壁に挑む　西村京太郎
十津川警部の死闘　西村京太郎
十津川警部千曲川に犯人を追う　西村京太郎
十津川警部赤と青の幻想　西村京太郎
十津川警部「オキナワ」　西村京太郎
十津川警部「友への挽歌」　西村京太郎
紀勢本線殺人事件　西村京太郎

特急「おき3号」殺人事件　西村京太郎
伊豆・河津七滝に消えた女　西村京太郎
四国連絡特急殺人事件　西村京太郎
愛の伝説・釧路湿原　西村京太郎
山陽・東海道殺人ルート　西村京太郎
富士・箱根殺人ルート　西村京太郎
新・寝台特急殺人事件　西村京太郎
寝台特急「ゆうづる」の女　西村京太郎
東北新幹線「はやて」殺人事件　西村京太郎
上越新幹線殺人事件　西村京太郎
つばさ111号の殺人　西村京太郎
シベリア鉄道殺人事件　西村京太郎
韓国新幹線を追え　西村京太郎
東京・山形殺人ルート　西村京太郎
特急ゆふいんの森殺人事件　西村京太郎
鳥取・出雲殺人ルート　西村京太郎
尾道・倉敷殺人ルート　西村京太郎